Jean-Marie Gourio

Jean-Marie Gourio s'est illustré dans tous les domaines de l'humour iconoclaste : ancien rédacteur en chef de *Charlie Hebdo*, collaborateur sur l'émission de télévision « Palace », rédacteur pour les « Guignols de l'Info », il est l'auteur du best-seller en huit volumes, *Brèves de comptoir*, commencé en 1985 – adapté au théâtre par Jean-Michel Ribes, et créé à Paris en 1994. En 2007 et 2008, sont parus *Les Brèves de comptoir : l'anniversaire !* et *Les Nouvelles Brèves de comptoir*. Il a également publié des romans, graves ou légers, comme *Autopsie d'un nain* (1987), *Les coccinelles de l'Etna* (1993), *Chut !* (1998), *L'eau des fleurs* (1999), *Apnée* (2005) et *Alice dans les livres* (2006).

JEAN-MARIE GOURIO

Jean-Marie Gourio s'est illustré dans tous les domaines de l'humour jusqu'ici : ancien rédacteur en chef de *Charlie Hebdo*, collaborateur sur l'émission de télévision « Palace », rédacteur pour les « Guignols de l'info », il est l'auteur du best-seller en plusieurs volumes *Brèves de comptoir*, commencé en 1985 – adapté au théâtre par Jean-Michel Ribes, et créé à Paris en 1994. En 2007 et 2008, sont parus *Les Brèves de comptoir, l'anniversaire !* et *Les Nouvelles Brèves de comptoir*. Il a également publié des romans graves ou légers comme *Autopsie d'un quart* (1987), *Les Grenouilles de l'Islam* (1988), *Chut !* (1993), *L'eau des fleurs* (1999), *Alphée* (2003) et *Alice dans les livres* (2006).

Les 4 Saisons
des Brèves de comptoir

LE PRINTEMPS

DU MÊME AUTEUR
CHEZ POCKET

Les Brèves de comptoir : l'Anniversaire !

JEAN-MARIE GOURIO

Les 4 saisons
des Brèves de comptoir

LE PRINTEMPS

Préface inédite de J.-M. Gourio

Choix et présentation de P. Chalmin

POCKET

Le papier de cet ouvrage est composé de fibres naturelles, renouvelables, recyclables et fabriquées à partir de bois provenant de forêts plantées et cultivées durablement pour la fabrication du papier.

ISBN : 978-2-266-18168-6

PRÉFACE INÉDITE DE L'AUTEUR

Au Café du Marché

Ça déballe dans la rue. Ça gueule. Ça rit ! Les couleurs s'empilent sur les trottoirs mouillés. Au bout d'un rayon de soleil, le printemps se balance. Raymond ! Magne-toi le jonc !

Elle est entrée boire un verre de vin blanc. Elle a quarante printemps. Les joues rondes et roses. Les cheveux roux comme les carottes qu'elle vend. Elle porte un pull comme on en met au ski, une rangée de sapins sur la poitrine. Ses seins font de jolies montagnes. Son pantalon de pêcheur garni de cent poches dégouline de rosée. Ses bottes en caoutchouc mou, marron, couinent sur le carrelage. Le bout de son nez brille comme une cerise. Ses ongles sont terreux. Ses doigts rougis, tout courts. L'alliance qui brille à l'annulaire de sa main gauche retient un brin de persil plat. La dame rousse est mariée au jardin.

Elle regarde une mouche qui boit sur le comptoir. La mouche pompe une goutte de bière grosse comme elle. C'est la première mouche de la saison au Café du Marché. Une grosse mouche lente et molle qui picole, à sept heures du matin !

Il fait doux.

Comme il faut bien que le temps commence, aille, et recommence, disons qu'aujourd'hui tout recommence, premier jour du printemps.

La mouche boit de la bière blonde et ses ailes brillent dans l'enfance du temps qui commence. La jeune femme disperse tout autour d'elle un parfum de terre mouillée. Une pointe sèche de cagette. On la croirait arrachée tôt ce matin d'un rang monté de belles rousses. Dans son ventre, pousse un bébé. Un pépin de môme. À partir de quarante ans, c'est dangereux d'être enceinte, oui ? Si ? Non ? Peut-être ? La dame est un pommier qui ne calcule pas pour faire sa pomme. Ça pourrait finir en compote. Que vive le doux ! Le soleil et les fleurs sont les plus forts.

Les poissons sur l'étal face au bar brillent et nagent en banc serré dans la glace pilée. Un chien blanc descend la rue en direction du square. Il va pisser dans le bac à sable où jouent habituellement les enfants. Il a pris cette habitude-là. Chien des rues malpoli. Les gosses font des pâtés de sable magnifiques, larges, hauts, à étages, les plus beaux pâtés de Paris, secrètement cimentés au pipi. Le chien repassera plus tard dans l'air alourdi du parfum des poulets qui rôtissent.

La dame avale son fin verre de blanc. Recommande. Même chose ! Elle attend le boucher. Un jeune du Nord qui a repris le fond. Petit boucher rasé frais au printemps. Il a la viande dans le sang. Elle, la salade et les framboises dans la peau. Joli mariage, menu brasserie. Baisers dorés saveur pommes frites. Salive au melon d'eau et crêpe sucrée. Café au lit ! L'addition !

— La seule langue étrangère que j'aime, c'est celle de ma fiancée.

La mouche s'est envolée. Elle titube au plafond. Soûle. Voit double. Pour l'insecte alcoolisé, c'est deux fois cent facettes. La grosse verte à viande s'emmêle les ventouses sur une moulure et tombe dans le pot de fleurs en plastique rouge posé sur l'étagère là-haut. La mouche ne bouge plus. À plat sur le dos. Sur la terre sèche et poussiéreuse. Tiède. Grande plage en pot coincé entre la bouteille de crème de noisette et la crème de banane, que plus personne d'ailleurs ne boit. Bzzzzzi. Un coup. Bzzzzzii. Deuxième coup. Vision désertique, à raz de mouche, air tremblotant, petits cailloux gris pointus qui affleurent, craquelures, grains de sable blancs et brillants, cadavres de moustiques secs. Ronron lointain, épais, de la machine à laver les verres. Une sirène de pompiers. Un café ! Un ! La mouche se remet sur ses pattes. Les frotte énergiquement. Là, seul, pointe au centre de ce désert en pot le petit bout vert tendre de la plante à Bébert – Bébert, manutentionnaire à Shopi, l'offrit, il y a deux ans déjà, un jour de Soleil et de paye, matinée de printemps, à Maryse, la grosse patronne ; gentil, maigre Bébert, emporté cet hiver à l'âge de cinquante-sept ans par un cancer du tabac (jamais il ne disait le cancer du fumeur, toujours le cancer du tabac), parti trop tôt, et qui laisse derrière lui, sur l'étagère, ce que tout le monde ici appelle « la plante à Bébert », imposante plante à bulbe qui donne de généreuses et odorantes fleurs roses dès le début du printemps.

— C'est un peu notre Bébert qui pousse là-haut, sur l'étagère, dès que le printemps est là.

La plante a percé ce matin la croûte un peu plus dure de la terre du bac. C'est le printemps. En bas, sur le comptoir, s'alignent les verres de blanc et les ballons de rosé. Bébert, qui pousse là-haut comme un con tout seul dans son bac à réserve d'eau, aimerait qu'on l'arrose parfois d'un saumur-champigny, bien frais. Que ça lui humidifie le bulbe. Il rêve d'un bon demi de Pelforth blonde, bien pétillant, plein de mousse ! D'un sandwich saucisson, avec les cornichons. La terre s'ouvre encore un peu. La plante, imperceptiblement, s'élève dans l'air chaud qui sent bon le vin frais. La tige d'un vert pâle se fonce au sommet. Dans sa taille adulte, la plante à Bébert peut atteindre trente centimètres, forte tige, et porter sans plier six à sept énormes fleurs. Les soirs où les tournées s'enchaînent, les plus avinés rigolent de la grosse bite verte à Bébert et de ses grosses couilles en fleurs posées sur l'étagère. Qu'importe. L'essentiel, c'est quand même d'en parler. Broutilles, ces dérapages dans l'ivresse du souvenir ! Ici, on n'oublie pas notre Bébert Dubois ! Tous les printemps, le généreux défunt vient nous fleurir sous le nez. Son reflet dans les verres.

— Au café, l'organe de l'amitié, c'est pas le cœur, c'est le foie.

La mouche s'envole, se cogne à la crème de mûre, rebondit sur le rhum des îles et tombe dans le verre du Chinois.

— T'en feras une soupe ! gueule la patronne au Chinois qui fume dehors sur le trottoir, nouvelle loi oblige.

Le Chinois ne répond pas. Il contemple les poissons au flanc argent, plus loin, les pyramides de tomates et là-bas, les pintades suspendues. Il laisse tomber son mégot. L'écrase du bout du pied. Se retourne vers la rousse.

— V'là ton Remi !

La jolie rousse sourit. La pointe de ses canines étincelle, on les sent capables de faire saigner la peau bleue du jeune boucher. Rapplique le louchebem.

— Les petits ruisseaux font les grands rivières, alors un petit ballon !

Au Café du Marché, on va parler Europe, pain bio, soleil et prix de l'essence, Gaza, pouvoir d'achat, Miss France, rillettes, Carla et Sarkozy. On sent tout l'air vibrer. On va parler un peu de la plante à Bébert. Qui en ce jour de printemps, pointe le bout vert de son nez.

— Faut pas se faire incinérer, parce que si tu reviens sur Terre, c'est direct dans le cendrier.

On va parler, parler. Au Café du Marché. Dans le va-et-vient incessant des clients. Rester, encore, pour goûter le calme de cet après-midi d'un début de printemps. Et puis traîner au bar, le soir doux venu, tout près de la porte ouverte. Odeur d'anis et de trottoir. Derniers gaillards entortillés dans la soie du comptoir, qui mâchouillent sans se presser le chorizo pour l'apéro. Le verre à la main. Sur un coude. Genou droit plié. Rêveurs et silencieux, un peu. Le temps de brefs instants d'engourdissement.

— Tu bois le dernier ?

— Avec plaisir ! Pour une fois que c'est le printemps.

Jean-Marie Gourio

Vivaldi, il l'a dans l'os, on a pas eu de printemps.
— Qui l'a dit ?

C'est le printemps !

— Pff... y a pas plus con comme saison !

Naître en France en pleine nuit, c'est aussi bizarre que mourir en plein jour à l'étranger, tu trouves pas ?

L'eau est transparente pour qu'on voie bien en quoi c'est fait.

Si la Chine voulait devenir française, on ferait quoi ?

Vu le nombre de religions qui existent, un seul pape, c'est plutôt pas beaucoup.

La fin du monde, c'est mieux à la campagne, tu te fais pas piétiner.

Je bande plus. Faudrait me rouler les pieds comme un vieux tube de dentifrice pour faire monter le jus.

Un ordinateur fait au bas mot un million d'opérations à la seconde, mais il a que ça à penser, aussi.

Les petits ruisseaux font les grandes rivières, alors un petit ballon…

Chez Gainsbourg, c'est tellement propre qu'on pourrait boire par Terre.

Mitterrand a enlevé son chapeau pour faire plus jeune ; du coup il fait plus petit.

Ici, y a pas marqué j'offre un coup !

Le président pour qui je voterai est pas encore né !

Napoléon écoutait jamais personne, t'as vu le résultat…

Les cascadeurs ont droit à un litre de vin par repas, comme les travailleurs de force, vu que leur job c'est d'avoir des accidents.

« Des chiffres et des lettres », c'est pour les débiles, j'ai jamais rien compris !

Ou tu le bois, ou tu le bois pas, mais tu fais quelque chose !

Un yaourt aux fruits à la con, si tu retires les fruits à la con, c'est rien qu'un yaourt nature, pas plus…

On a pas le droit de dire que du Picasso c'est moche. Qu'on pige rien, à la limite…

En Afrique du Sud t'as une majorité de nègres, tu peux pas prendre le bus sans être au milieu des nègres. Enfin… il en faut…

La pensée humaine a des limites, bien sûr !

T'as pas la trouille d'habiter à côté d'une centrale ?
— Peur de quoi ?
— Je sais pas… des journalistes.

La langue française, c'est comme la langue anglaise. Un bout de viande, c'est tout.

Ça doit pas être bien reposant de louer juste au-dessus du Mur des lamentations.

Les cacahuètes, ça a pas toujours existé, alors qu'est-ce qu'ils grignotaient les mecs à l'apéro ?

La peinture, c'est rien qu'un truc qu'on fixe au mur avec un clou, Rembrandt est rien sans un clou.

Compte lentement jusqu'à dix, pendant ce temps-là je vais compter jusqu'à cinq, le premier arrivé boit l'apéro.

J'en ai gros sur la patate.
— Fais gaffe, tu vas rater tes frites !

Dans le Midi, c'est impossible de refuser.

Une tondeuse, ça fait peut-être chier les voisins, mais de toute façon ils en ont une aussi, les enfoirés !

La sève qui monte dans le tronc d'un arbre est poussée, pas aspirée, sinon le haut de l'arbre serait plus gros que le bas de l'arbre, question du musculaire végétal.

Avec tous ces transferts dans l'équipe de France, je m'endors pas tranquille.

Quelle journée ! J'ai rien foutu.

Les idées de Le Pen perdent du terrain depuis que les villes gagnent sur les cimetières.

Les trois mousquetaires qui sont quatre, j'en ai rien à foutre ! Quatre pastis, c'est pas trois pastis !

Vous êtes morbide, ce soir.
— Une fois n'est pas coutume.

Les masques africains chassent les esprits, pourtant c'est que du bois, normal que ça attire les flics qui ont des casquettes en tissu.

Je te parie ce que tu veux, c'est pas du pastis ! C'est au moins du Casanis !

Pour ne pas se perdre dans Melun, c'est un vrai casse-tête chinois.

Quand t'es cardiaque, on te met une pile cardiaque, comme les petits camions de pompiers. Ça s'appelle la science !

Dans l'enfer tu brûles pendant l'éternité, alors que dans le paradis tu fais doux à perpète.

L'Homme est apparu sur Terre très con et va disparaître très intelligent, quel parcours !

Tu vas quand même pas conduire dans cet état-là !

— Non, je vais juste rentrer…

Les hommes politiques sont tous plus pourris les uns que les autres, remarque, nous on comprend déjà rien et on est des enfoirés, imagine qu'on sorte des écoles !

Je préfère encore mourir d'un accident de voiture que d'un accident d'avion, ça me fout trop la trouille !

Je suis pas une marionnette, il est moins cinq j'irai à juste !

Même les Chinois en ont marre du communisme, alors les communistes, imagine un peu !

Mon petit doigt m'a dit pas mal de conneries, sauf que j'allais taper dessus avec un marteau !

Mon signe c'est Verseau, c'est mieux que le tien qui est renverse.

J'ai entendu dire que quelqu'un cherchait à me voir.

— Qui ?

— Toi, pour payer un coup ! Hi, hi !

J'ai pas l'intention de te donner un cours, mais en tenant ton balai comme ça, t'y arriveras pas…

— Tu veux le faire !

— J'ai pas dit ça, mais tu pourras pas me balayer dans les pieds comme ça.

— Allez ! Pousse-toi ! Tu m'énerves !

Brigitte Bardot, elle avait une belle plastique cette fille-là, mais maintenant c'est du cuir.

Tu sais combien ça pèse les couilles ?

— Attends… laisse-moi chercher…

— Alors une couille ?

Un spot de pub à la télé coûte trois cent mille francs pour vendre un bonbon à deux francs, je sais pas comment ils s'y retrouvent.

Moi je voulais un garçon, on a eu deux filles, ma femme voulait.

— C'est normal, si c'est ta femme qui accouche, elle se fait ce qu'elle voulait.

— C'est salaud…

Une baleine peut pas être mongolienne, c'est dommage.

À ma connaissance, Diderot faisait de la philosophie pour rembourser des dettes de jeu, alors les philosophes, tu m'excuseras de préférer les poètes, sauf Victor Hugo, c'était pour refaire son toit.

Le Christ allait à quelle école ?
— Alors là, tu me poses une colle…

Il faut battre le fer quand il est chaud, facile à dire, quand il est chaud ma femme repasse avec.

Quand tous les clients ont le cafard, le café on dirait un vide-ordures.

Les défilés de mode c'est des habits qui passent, qui repassent, qui se barrent, t'as jamais le temps de voir l'étiquette comme au magasin.

L'intestin mesure dix mètres, tu chies une fois par vingt-quatre heures, t'as donc la merde qui fait presque du cinquante centimètres à l'heure, grosso modo.

C'est comment, une huître handicapée ?

Certains animaux voient tout en noir et blanc, comme nous avant sur les anciennes télés.

Cite-moi une seule pièce de Racine.
— Je sais pas.
— Alors une seule pièce de Corneille.
— Je sais pas.
— Alors une de Shakespeare.
— Je sais pas.
— Mais qu'est-ce que tu foutais à l'école ?
— À l'école, j'apprenais pas ces conneries-là !

Les vaches ont la peau en cuir, t'en prends une, tu mets une poignée, ça fait comme un cartable plein de bidoche.

Avec le nerf optique on voit. L'œil c'est juste pour regarder.

Le juge d'instruction pourra plus décider seul pour envoyer un mec en prison, il faudra qu'il demande à sa femme.

Mitterrand parle demain à la radio.
— Je suis pas là, je suis pas à sa disposition !

On a été obligés de mettre la grand-mère à l'hôpital, remarque, elle est mieux là-bas qu'à la cave !

S'ouvrir l'appétit avec un apéritif, c'est comme ouvrir une porte avec une mauvaise clef.

— Dis pas de connerie, je laisse toujours la porte ouverte !

La forme de la croix gammée s'inspire de la forme de vieux biscuits allemands, des biscuits salés, même.

C'est déjà ton cinquième !

— Ça va pas !… mon quatrième.

Certaines fleurs sentent très très bon, d'autres moins bon, et d'autres pas bon du tout, mais c'est pas pour ça que les fleurs qui sentent très très bon font la quête pour les fleurs qui puent.

Quand tu es mort tes cheveux continuent à pousser, Pompidou doit avoir la tête d'Antoine au jour d'aujourd'hui !

Le ministre disait à la radio : roulez prudemment. Il aurait mieux fait de le dire à l'autoradio.

Ils ont donné le Goncourt à un Arabe !

— Tu parles, il a dû le piquer !

La vieillesse c'est un peu le hachis Parmentier de la vie, tu manges tous les petits bouts que tu avais laissés dans ta tête.

Dans une fusée tu peux pas bander, vu que dans l'espace tu n'as ni haut, ni bas.

Les gitans ont un code d'honneur, c'est la conduite qu'ils ont ratée.

Il a des super pinards, il en boit jamais ! Ce mec-là, ça serait un oiseau, il volerait pas !

Cinquante morts dans le métro de Londres ! Le tunnel sous la Manche, on va rigoler !

Il ne fait rien ! Mais rien ! Je te jure, celui-là, il a un poil opposable aux autres doigts !

C'est depuis que les bateaux sont en fer et pleins de boulons que les crabes ont des pinces.

Il est bouchonné ton pinard.
— T'étais pas obligé de tout boire la bouteille avant de le dire !

L'anarchie, tu parles d'un intérêt. Ils interdisent les lois, c'est tout.

Un vieux qui tombe, à chaque fois c'est le col du fémur qui trinque, c'est sans surprise, c'est pas la peine de t'angoisser si t'en vois un tomber.

J'ai beau lui dire qu'il n'y a que des hommes-grenouilles, elle fout rien à l'école et dit qu'elle veut devenir femme-grenouille.

Les puces préhistoriques avaient une grosse carapace et une queue comme les tatous, elles piquaient les dinosaures, ça faisait des boutons comme des melons.

Les nymphomanes sont des malades, je veux bien te croire, mais aussi c'est des sacrées salopes, excuse-moi !

Le pire, c'est la solitude, tu fais toujours une tonne de nouilles en trop.

Si la Terre est envahie par les Martiens, au début ça sera dur mais après on aura les Martiens de la deuxième génération, les verts clairs.

C'est pas pareil de voler en avion et de voler comme un oiseau. En avion, t'es pas forcé de te mettre des plumes partout !

L'amour, c'est des conneries pour que les gens s'aiment et achètent de la vaisselle.

Ça doit être bien d'être l'homme invisible, sauf pendant le boulot, c'est impossible. Je suis taxi.

Si t'es agent secret, le plus important c'est de ne jamais rien dire à ta femme, même si elle gueule que tu rentres tard.

Même tout bébé je bavais jamais, alors là depuis ce matin je sais vraiment pas ce qui arrive !

La vie est arrivée sur Terre de l'espace, collée sur une météorite, par exemple un chewing-gum avec des cellules qui s'est décollé en touchant le sol.

Il trempe des escargots dans la peinture et il les pose sur des toiles, il appelle ça de la peinture ! Moi, quand je vais chier, j'appelle pas ça de la sculpture !

Une goutte de sperme contient toujours dix millions de spermatozoïdes, pour un moustique ils sont plus petits et pour un éléphant ils sont plus gros, c'est tout…

Les influences de la pleine Lune sur le comportement humain ne sont pas toutes bonnes, regarde moi, j'avais promis de rentrer tôt…

Mère de famille, ça va bientôt être considéré comme un métier, elles vont être payées ! Avant t'avais les putes que tu payais pour faire l'amour, maintenant c'est les mères qu'on va arroser pour qu'elles fassent l'amour maternel ! Ça me rend dingue !

Un patron de café a pas à être tenu responsable quand un client boit chez lui et qu'après il fait des conneries, ou alors il faudrait aussi que le charcutier soit responsable si son boudin était pas bon, que la femme en a acheté, que son mari est rentré, qu'il s'est énervé parce qu'elle avait que ça à foutre de la journée que d'acheter du bon boudin, et qu'il la tue ! T'es pas de mon avis ?

C'est pendants les face-à-face que les hommes politiques se plantent le plus de couteaux dans le dos, c'est peut-être en organisant des dos-à-dos qu'ils parleraient franchement !

Mais qu'est-ce qu'elle fait la mouche sur mon pain ?!

Les docteurs, avec toute leur science, restent impuissants devant les microbes qui savent même pas lire. Docteur, c'est un métier vexant.

« À l'huile »… en sept lettres.

— « Couille » !

— Tu crois que c'est « couille » ? À l'huile ?

— Non, mais sardine c'est pas rigolo…

Le foie est irrigué par la veine porte, c'est le vrai nom, et c'est toujours ouvert !

Me fais pas chier avec le rêve américain ! Si ils rêvent, c'est qu'ils dorment !

Pour passer le temps, je lis et je bricole.

— Tu lis quoi ?

— Un bouquin pas mal qui s'appelle *Je bricole.*

Moi, à quatorze ans, j'étais à l'usine !

— De quatorze ans à quelle heure ?

On a observé des cas de prostitution chez les castors, dans le Nord canadien. Le plus étonnant c'est que là-bas, avec le froid, il n'y a pas de putes, alors on se demande où les castors ont trouvé ça.

La femme est une île, poireau est son parfum.
— Il est bien poète à cette heure-là !

C'est dur la pub, tu dois passer des heures à mettre en valeur un camembert, je pourrais pas. À midi, je le bouffe, je me connais.

Tu bois toujours pas ?
— Non, je tiens bien le coup.
— Ça fait combien de temps maintenant ?
— Quatre jours.

J'ai fait tout de suite un démenti officiel que je voulais pas une bière mais un rosé, ça n'a servi à rien, j'ai bu ma bière et on se demande à quoi servent les accords interbistrots !

C'est quoi ta SAGRIA à dix francs le verre que t'as marquée sur la glace ?
— Merde ! J'ai oublié le N !

Un croque-monsieur, quinze francs, un croque-madame, vingt francs, et elles se plaignent !

Je veux bien croire que l'intelligence c'est culturel, mais la connerie c'est bête, pas plus.

Ce matin, il faisait zéro degré, on verra combien il fera demain... oui... on verra si il fait aussi froid... je te dirai...

Je ne comprends pas pourquoi dans les courses on met des jockeys sur les chevaux, ils tiennent debout tout seuls, c'est pas des vélos !

Tu peux me dire pourquoi les Juifs ont un grand nez ?

— Et toi, tu peux me dire pourquoi les pas Juifs ont des petits nez ?

— T'es Juif ?

— T'es pas Juif ?

Les Chinois sont aussi magouilleurs que les autres, trois mille kilomètres de muraille et pas un seul permis de construire !

Ta Salers a été payée.

— Ah bon ! C'est l'Amérique...

Ce soir je traîne pas, je dois passer au Monoprix.

— Ce soir, c'est « nocture ».

Les maladies mentales sont plus ou moins graves comme n'importe quelle maladie, ça peut aller du rhume de l'intelligence au cancer déconnatoire, si tu vois…

Il faut chercher à qui profite la cuite, si tu veux savoir où il a bu…

Je ne me plains pas, dans mon taxi je suis en même temps mon employé et mon patron, mais si je pouvais envoyer mon employé au boulot et que mon patron reste au lit !

Une fille pleine de rouge à lèvres, c'est comme une vache avec le cul enflé, c'est pas pour dire qu'elle va rentrer tôt !

C'est pas facile d'expliquer aux enfants comment on fait les bébés.

— Faut déjà expliquer dans quel état les papas sont rentrés à la maison, c'est pas simple !

Il s'est coupé les six doigts sur la main circulaire !

— Tu dis n'importe quoi, il s'est coupé les doigts de la main droite sur la circulaire.

— Vas-y, tu parles mieux que moi…

Ce mec-là, doué comme il est, s'il avait travaillé à l'école il serait pas au comptoir à picoler comme un con, il serait ailleurs à inventer la forme des verres !

Sur un mur le caméléon prend la couleur du mur, sur une feuille la couleur de la feuille, et sur un billet de cent francs la couleur du billet, si t'es malin tu paies tout en caméléons.

Ils ont parlé de Balzac aux infos…
— Qu'est-ce qu'il a encore fait, celui-là ?

Je vois entrer le mec, il commande une Avèze, j'en avais pas, j'ai que de la Suze… un deuxième entre, une Avèze aussi, et un troisième, une Avèze ! Je me dis mon petit pote, tu vas acheter de l'Avèze, j'en prends un carton. Tu savais qui c'était les mecs ?… t'as deviné, des représentants de chez Avèze !

La photographie fixe l'instant présent pour en faire du passé, c'est malin !

Avec la télé on a plus le temps de se parler et c'est pas plus mal vu qu'on a rien à se dire…

J'aime pas les fleurs coupées, autant foutre un cul-de-jatte dans un vase !

Donne-moi un chiffre.

— Le six.

— Un autre.

— Le huit.

— Un autre.

— C'est pour ton Loto ?

— Non, c'est pour voir si tu m'aurais donné des chiffres…

Si ils interdisent le droit de faire ce qu'on veut de sa peau, même se suicider si on a envie, alors y a plus qu'à se flinguer !

Oh ! la, la ! Le premier con, c'est vieux comme Hérode, ça !

J'ai toujours voté Giscard d'Estaing, je ne vois pas pourquoi je changerais.

Je suis parti à six heures, à six heures cinq j'étais ici. Tu sais où je bosse ?

— Oui, à cinq minutes d'ici.

Ce qui manque sur les balcons, c'est la place.

Vous savez qu'ils sont malins les gosses ! Il disait : la sucette, ça donne faim avant de manger, il a pris une bonne claque ! Les parents aussi c'est malin…

Dans ce cas précisément ici qui nous occupe, je ne saurais dire qui a tort ou qui a raison, messieurs gens.

— On s'en fout, on vous écoute.

Les nègres chantent le blues pour qu'on comprenne bien qu'ils ne cherchent pas du travail.

La justice n'est pas la même pour tous, si je tue un Noir, je vais en prison, si un Noir me tue, je vais au cimetière, à chaque fois c'est le Blanc qui trinque !

Il faut un minimum de psychologie pour tenir un café, pas taper sur la gueule à Rothschild et offrir le calva à Bamboula…

Tu me prêtes ta voiture, j'en ai pour une minute…

— Une minute d'hôpital, ça n'existe pas !

J'aime bien la télé, mais juste pour regarder.

En Italie c'est la mafia qui décide du prix des vélos, pas en France. Ici, les marchands de vélos se démerdent, ça va du très cher au pas cher.

Les gouttes d'eau qui sortent d'un robinet ont toujours, toujours la même taille, et ça, c'est dingue… n'importe où et n'importe quel robinet !

Tarzan se ferait chier à la campagne, son truc à lui c'est plutôt les bois.

Je m'étais fait tatouer la France sur le bras gauche et l'Algérie sur le bras droit, c'était à l'époque de l'Algérie française. Depuis, j'ai un bras qui met que des manches longues.

Ce que je regarde en premier chez une femme c'est ses yeux.

— Moi c'est les seins…

— Moi la bouche d'abord.

— Ah bon, moi c'est les jambes.

— Moi c'est ce qu'elle a dans son cabas, les yeux, c'est bien beau, mais t'as pas l'entrecôte dedans.

On ne peut pas éviter la fraude électorale, on vote toujours deux fois, une fois pour un candidat, une fois pour un menteur, c'est le même, t'avais bien compris…

Plus on construit de gratte-ciel, plus l'air est dégueulasse, plus les nuages ont des boutons qui démangent, ça tombe bien…

La sooolitude, ça n'existe pas… La sooolitude, ça n'existe pas…
— Ta gueule !
— C'est bien ce que je disais…

Ils se marient, et c'est pour bientôt, dans les coulisses du Zénith, hier soir, on n'a pas parlé d'autre chose. Johnny et Gisèle rayonnants sont arrivés main dans la main…
— Tu pourrais pas lire moins fort, non ?…

À quoi tu penses ?
— À rien.
— T'as raison.

Quand elle l'a épousé je sais pas ce qu'elle avait derrière la tête, en tout cas maintenant elle a des bosses !

Après avoir tourné une année dans l'espace les astronautes russes sont incapables de marcher, alors ils les mettent dans les bureaux.

Si on fait de la philo de comptoir, c'est qu'en terrasse c'est trop cher !

Les Indiens de l'Amazone s'y connaissent bien plus que nous en Bourse, on a perdu des millions de dollars, eux pas un centime !

Surtout, fais attention en traversant la voie ferrée !

Khomeiny va mourir, c'est pas un cadeau pour les asticots !

On peut pas être feignant quand on est chercheur d'or, sinon autant chercher du boulot.

C'est sûr qu'à force de tout le temps voir sa femme nue, ça fait plus rien. Une fois sur deux, c'est le grand maximum…

La galère j'aurais pas pu, t'es toujours assis dans le sens contraire de la marche.

Repose mon chapeau immédiatement !

Pour faire un bon joueur d'échecs, faut pas aller pisser toutes les cinq minutes !

— Ça c'est pas difficile, suffit de pas boire quinze demis avant de jouer.

Ils disent que c'est à consommer avec modération, jusqu'à preuve du contraire, je consomme avec qui je veux !

Pendant la guerre, des muets ont été torturés et sont passés pour des héros.

Ah les vaches ! Un chien que je viens de faire laver !

Les farces et attrapes, ça m'a jamais fait rire. Le sucre qui fond pas, la bonne blague, ça fond pas ! La dragée au poivre, la bonne blague, ça se mange pas ! La merde en plastique…

Les femmes en général vivent plus vieilles que les hommes, mais quel intérêt franchement, toutes ces pauvres vieilles…

C'est pas parce que je suis électricien que je vais me faire des ampoules aux mains !

— Ça fait cent fois que tu nous la fais, celle-là !

Je me suis payé une caméra l'année dernière, j'ai filmé la salle à manger, après j'ai plus eu d'idée. Elle est dans la boîte.

Quand une femme dit non, ça veut dire oui, n'est-ce pas mademoiselle ?

— Merde !

— Ça, quand une femme dit merde…

C'est pas une preuve de fainéantise d'être en chaussons devant la télé, si c'est des chaussons de sport.

La boxe demande beaucoup plus d'attention que la microchirurgie, là si tu rates, c'est pour ta gueule…

Tout ça, c'est pour vous dire un peu la mentalité que je suis.

Je peux vous pincer les nichons, madame Mauricette ?
— C'est incroyable comment il est avec des apéritifs !

L'amour ramène l'homme au rang de l'animal, alors que l'argent, pour faire un chèque l'homme a au moins un stylo de plus sur la bête.

À l'époque de la découverte de la pomme de terre, les gens se battaient pour les éplucher, mais à la longue…

Dans la mythologie grecque, les patrons de café étaient des demi-dieux, il fallait avoir un café-restaurant pour être un dieu. Tu me crois pas ?

Parti comme c'est, on va encore manger à 4 heures !

Si ma femme posait toute nue dans *Lui*, je la tue et j'envoie les photos à *Paris-Match*.

Des chercheurs ont trouvé des trucs archéologiques en Chine, va savoir comment c'est arrivé jusque-là…

Si y en a une qui doit regretter de s'être mariée, c'est bien la veuve Mao !

Je vous ramène le plateau.
— Merci bien… vous remercierez M. Maspic.

Il est fou, la dernière histoire qu'il raconte à tout le monde, c'est qu'il a trouvé des traces d'ours blanc dans son congélateur !

Miss France ou Miss Monde, tout ça c'est de la pommade pour bite France ou bite Monde…

Je sais pas si les insectes sont plus nombreux que les hommes, mais en tout cas pas chez moi !

Danser la valse me donne mal au cœur, à vingt ans je dis pas, mais à mon âge, je dois choisir entre faire plaisir à Madeleine ou garder le confit de canard.

Tu connais la roulette russe, mais la roulette du crémier, tu connais ? Tu prends un pack de petits-suisses avec UN seul petit-suisse à l'intérieur...

Avec Cousteau, tous les jours c'est vendredi.

Ce qui a bien plu à Reagan c'est quand Gorbatchev parlait de Thérèse en troïka.

— Perestroïka !

— C'est pareil, ça lui plaisait.

Depuis Cro-Magnon, y a pas que les mecs qui picolent qui sont morts, y en a d'autres !

Je voterai quand les élections se feront un jour de semaine !

Tu bois de la main gauche maintenant ?

— Non, c'est de la relaxation...

Ils sont un peu cons de construire toujours les centrales électriques au bord de l'eau, c'est vachement dangereux, c'est comme un rasoir électrique géant dans une salle de bains pas possible !

Trop c'est trop !
— C'est un peu vrai…

Les « Hitler », quand ils sont en bande, c'est des violents, mais un par un c'est des gens avec qui on peut parler…

Mais !
— Mais quoi !
— Mais rien… je croyais que c'était mon verre…

Les hommes qui vivent dans l'espace grandissent de dix centimètres, pour les habits va falloir deux tailles, espace et Terre. Ça va encore profiter à qui, la conquête de l'espace ? Aux marchands de fringues, tiens !

Tu parles ! C'est une salle qui s'appelle « Gym Détente », pourquoi pas « Gym au lit » ! C'est du bidon pour les gogos !

C'est quoi comme piaf sur ton emballage de sucre ?
— Un paradisier.
— Ça se bouffe, ça ?

Un pastis !
— Je croyais que tu buvais plus ?
— J'ai la langue qui a fourché.

Les femmes des copains, c'est sacré, faut qu'elles y passent !

T'as pas payé ta tournée, hier ?
— Si j'avais pas payé, ça se saurait !

Mon grand-père allait au café, mon père allait au café, je vais au café, c'est la famille qui veut ça, on a le pinard dans le sang…

Le pire dans la conversation, c'est les idées reçues. On a l'impression de parler avec un robot.

Je vais pas passer ma vie ici, j'ai rendez-vous au tabac.

Si on creuse notre tombe avec notre verre, elle fait cent mètres sur cent mètres !

Il était devant moi, en chair et en os, le vrai sosie de Brigitte Bardot qui allait à la télé ! Dommage que j'aie pas pu arrêter mon bus.

Aller au café, c'est mieux que rien faire, tu crois pas ? On est pas des briques…

Tu bois rien ?
— Non, j'arrête.

— Depuis quand ?
— Depuis ce matin.
— Et jusqu'à quand ?
— Jusqu'à midi, faut pas arrêter d'un seul coup, c'est bien plus mauvais que de continuer, c'est pas moi qui le dis, c'est le docteur…
— Il est sympa ton docteur !
— En OR !

Après tout, le café, c'est la vie, c'est quand on a bu qu'on fait les enfants…

Dans le bois t'as une sorte d'essence, l'essence de bois, et ça brûle à cause… ou grâce à ça, plutôt.

La pornographie, on voit tout en gros plan comme si on y était.

La membrane du tympan vibre, et ça reconstitue les sons… CHOUBIDOUBIDOUWA… ça fait vibrer par exemple…

J'arrive pas à m'endormir en ce moment, je bosse pas assez.

La tuberculose, c'est mille fois pire que le sida, on l'attrape au boulot !

J'ai voulu l'amener au restaurant pour son anniversaire mais elle a préféré une robe de chambre.

En France si tu voles un camembert t'as un mois de prison, à Moscou t'as une médaille !

Paul et Virginie, ça me dit quelque chose...
— C'est sur la Trois.
— C'est ça.

L'amour platonique... elle doit être plate à mon avis.

Attends, je vais trouver, laisse-moi réfléchir.
— Oui, mais pas une heure.

C'est joli les nappes en tissu, mais c'est salissant, autant que les nappes en papier... pareil...

Léonard de Vinci l'avait inventée bien avant, ta tour Eiffel !

Tu sais que l'homme se force à rester debout... tu sais ça ?

Dans le film à un moment il lui demande comment il sait qu'il était à la pêche au gardon vu qu'il en avait pas attrapé.

— …

— Eh oui, il est à la pêche, il attrape rien, alors comment il peut savoir si c'était la pêche au gardon.

— …

— J'ai l'impression que t'es con, toi.

Le verlan existe pas aux antipodes.

J'ai compris, t'énerve pas !

Elle est monteuse de cinéma ? Ah… Quel cinéma ?

Si t'es monté trop gros, t'attrapes pas le petit, et si t'es monté trop petit, tu casses sur du gros… la bite, c'est pareil que le nylon de pêche !

— Je me doutais que t'allais dire une connerie !

Il a pris une côte à Adam pour faire Ève, et c'est elle qui a débarrassé.

Les Noirs ont les pellicules noires, bien sûr.

Le boudin, le poisson, moi j'aime tout.

Tu mets de l'antirouille.

— Sur une bague de fiançailles, ça va pas !

La première fois que tu vois une femme tu bandes par hasard, ça fait une association et après tu recommences.

— N'importe quoi !

T'as vu, on est le treize.

— Je m'en fous, je suis pas superstitieux.

— Je te parle pas de ça, mais c'est pas le treize que tu devais commencer les peintures chez René ?

— Merde !

Tu pourrais le redire ?

— Les chaussettes de l'archiduchesse chont chesses… raté.

Tiens, voilà l'autre con !

— Lui ? Tu le connais ?

— C'est mon père.

Ça, c'est moi au service militaire… mets pas les doigts.

Tu coupes la trompe de l'éléphant, tu la mets dans l'eau, ça fait une grosse fleur et après un autre éléphant. C'est beau mais faut de la place.

Ça serait débile d'avoir un correspondant Pygmée, tu lui écris, il t'écrit, très bien, tu vas là-bas en vacances, et quand il vient ici il meurt tout de suite, avec nos maladies.

Un demi, tiens…

T'es tout rouge, tu dois faire de l'anémie colorée !

Si elle a seize ans, c'est normal qu'elle voie des garçons.

— Dans les caves on voit rien !

J'ai gagné deux fois au tiercé quand Giscard était président, c'était plus facile à l'époque.

Monsieur va dans un Wine bar, maintenant ! Et y a du pinard au moins là-dedans ?

La Révolution aura servi à quoi, à part inventer la cuvée du Président, tu le sais toi ?

J'aime bien le catalogue de La Redoute, c'est plein de femmes en slip.

Elle a un double menton ta femme ?

— Bien sûr.

C'est pas la peine qu'on ait des jolies chaussures, nous autres.

On a jamais trouvé le dentier d'une abeille dans un pot de miel.

Il y a bien des géants chez nous, alors pourquoi il n'y en aurait pas chez les nains ?

C'est Freud qui l'a dit, une grosse banane ça fait marrer tout le monde.

Les drogués ne savent plus où ils habitent.

Qui dort dîne, et qui somnole boit juste l'apéro, forcément.

Ça va être ta fête, si tu lui as dit que tu rentrais à sept heures.

Les papillons de nuit vivent qu'une nuit, ça serait idiot qu'ils aillent se coucher.

Tu peux te pousser un peu, il est pas à toi le comptoir !

On voit un bon ouvrier à l'état de ses outils, tu peux regarder, mon verre est propre.

J'ai rien compris, mais on est pas obligé de tout comprendre.

Si ON veut, ON peut. – C'est qui, ON ?!

C'est dur pour une femme la ménopause, c'est un peu comme pour nous la tremblote…

Même chez les limaces, le mâle rentre plus tard.

Les vieux, ça monte toujours la sono pour que les jeunes dansent, les vieux ça fait mal aux oreilles.

Dans le désert t'as pas de bistrot, du coup t'as pas de trottoir, et du coup t'as pas de rue et du coup t'as rien, c'est le désert.

T'es encore là, toi ?!
— Et toi ! Si tu crois que t'es ailleurs !…

On peut pas tout dire à sa femme, d'ailleurs, je préfère rien lui dire.

Ils veulent encore qu'on aille voter pour eux, ce serait pour nous, ils insisteraient moins, va…

J'étais bien bourré hier, j'ai dit pas mal de conneries, j'ai fait un bon audimat ?
— Tu peux aller voir ailleurs…

À la campagne maintenant toutes les maisons ont des alarmes contre le vol, quand un avion passe le mur du son ça déclenche tout, c'est New York en pire !

T'as pas vu Didier ?
— Il est parti il y a cinq minutes.
— Meeeeeeeeeeerde !
— Il était bien bourré.
— Meeeeeeeeeeerde !
— Il avait plein de sous, il payait des coups à tout le monde.
— Meeeeeeeeeeeeeeeeeeeeeeeeeerde !

Une surprise, si on te le dit avant c'en est plus une, j'aimerais pas être une surprise, c'est trop risqué. Un con te voit et t'existes plus !

Qui c'est qui met la table, chez eux ?

On est allé au Louvre avec les gosses, on a même pas pu s'approcher de *La Joconde* à cause du monde, c'est con, y'a que ça de bien…

Prost, c'est le meilleur !

— C’est facile quand ça roule que dans un sens…

Ça va ?
— Comme ci comme ça…
— C’est-à-dire ?
— Couci-couça…
— Tu es bien énigmatique ce matin.
— C’est tout comme…

Les Gays, c’est les pédés, c’est pareil.
— C’est pas vrai ! J’en ai un en dessous de chez moi, un machin comme tu dis !

Gay, ça veut dire « content de se faire… »… tu piges…

Si j’étais un légume je serais un poireau, je crois…

J’adore faire rire, même avec des conneries.

Ce qui est important pour moi avec le fromage de chèvre c’est de retrouver mes racines, on en mangeait plein à la maison.

T’as entendu ça, l’Église qui condamne les préservatifs ?!!!

— De quoi j'me mêle ! Nous on condamne pas les bonnes sœurs qui puent et qui sont sales, de quoi je me mêle !

Moi j'aime pas mettre une capote, c'est comme mettre des moufles pour farfouiller dans le cambouis.

La bouchère a accouché, il paraît que ça s'est mal passé.
— La femme du boucher ?
— Oui, elle.
— Elle marchait bien leur boucherie, je crois…
— Très bien, comme on peut pas tout avoir, du coup…

Les coccinelles mènent une vie pépère, on peut pas dire qu'on en écrase toute la journée, ça on peut pas dire…

Tu regardes beaucoup la télé ?
— Non, mais tous les jours, pour m'informer sur les émissions qui passent.

Les militaires vont remplacer les bus en grève, si t'as pas ton billet t'es fusillé !

Laisse pas entrer le chien, il est plein de boue !
— Obligé, c'est lui qui paye.

Pour faire une expérience elle est restée trois mois sous Terre toute seule dans un gouffre, tout le monde la trouve courageuse, alors que des gens sous Terre depuis des mille ans t'en as des tas ! Personne les trouve courageux, eux !

Au début du film, King Kong se branle, mais ils ont coupé la scène.

Un bon marin se plaint pas quand la soupe est trop salée.

Une puce a pas de foie, pas la place.

Il faut de tout pour faire un monde, et il faut de rien pour faire un tiers-monde.
— Tu devrais faire de la politique, toi !

Dans une comédie musicale réussie tout le monde danse, même les acteurs derrière au fond ne restent pas assis à discuter en mangeant.

Moi ça m'étonne toujours qu'au Loto on a toujours onze numéros alors que c'est du hasard...

Et moi alors ?
— Tu l'as pas eu ton sec beurre ?
— Non.

— J'ai tellement pas l'habitude de faire des sandwichs.

Sans mentir je préfère un bon match de foot à la radio qu'à la télé, à la radio t'imagines l'action, à la télé tu vois que c'est seulement des gens qui courent.

Heureusement que les cheminées prennent pas la forme de la fumée, je dis ça pour les fabricants…

Les chanteurs de charme ont pas à s'occuper des quêtes pour le sida, c'est aux chanteurs sales à s'occuper de ça.

Si je pars pas tout de suite, je partirai jamais.
— Cinq minutes.
— Bon, je partirai jamais…

Pourquoi tu me rends que vingt centimes ?

À l'époque où j'ai fait mon service militaire, on avait pas un string dans le paquetage, nous !

Souvent les femmes se font avorter sans savoir qu'elles étaient enceintes, c'est des erreurs idiotes.

J'aime pas lire, et d'abord y a RIEN à lire !

Avec les yeux, on a autre chose à foutre, honnêtement.

Recommandation importante : bois pas du Coca avec la fondue.

Rappelez-moi votre prénom ?
— Robert.
— Ah ! oui, c'est ça.

Elle est tellement feignante qu'un fer à repasser c'est trop, un fer à passer suffit !

Une moustache est virile parce que c'est du poil, la même en plume ferait pas pareil.

En gros, les embouteillages sont les seuls endroits où je picole pas.

Si tous les terriens mangeaient des huîtres en même temps, on serait pas mal encombrés avec les coquilles, si en plus après c'est les moules et des artichauts !

Qu'est-ce que vous buvez les gars ?
— TOUT.

Dans une tortue y a pas de voisins.

T'as vu ce putain de tremblement de terre en Russie ?!

— Ils ont eu du pot les mecs qui sont partis dans la fusée…

J'aime bien les films de guerre qui finissent bien.

Quel temps ! On dirait que tous les nuages sont au-dessus du bistrot… Ils attendent qu'on sorte… Ils peuvent attendre longtemps !

Où c'est qu'il apprend toutes ces conneries-là ?

Ma femme ne peut pas me quitter vu que je suis jamais là !

Les tremblements de terre sont facilement prévisibles, dix minutes avant tous les mecs finissent leur verre comme par sixième sens… suffit de regarder.

Quarante mille morts d'un coup, impossible que la mort soit toute seule !

Moi je les écoute même plus.

Jamais je prends des pièces dans la tirelire du petit, ah non ! Jamais !

Les mouches font deux repas par jour, rarement plus.

Les comas prolongés, ils restent dans le coma jusqu'à midi.

Grâce au tunnel sous la Manche, on va pouvoir conduire bourrés jusqu'en Angleterre ! C'est pratique.

Un jour même ils construiront un pont de la Terre à la Lune, on pourra y aller en vélo !
— Sauf que ça fait que de la montée.
— En mobylette alors…

Moi la poésie, même si c'était un sport ça me ferait chier, c'est pour dire !

Je voudrais pas répéter cinquante fois la même chose, mais moi, j'aurais ma femme coincée devant moi sous un bloc de béton, je refuserais qu'on filme les genoux qui dépassent, ça regarde personne les genoux de ma femme !

Walesa a dit qu'il voulait rencontrer Brigitte Bardot, ça va lui faire tout drôle ! Même le pape est plus sexy ! Il doit avoir des vieilles photos.

Arafat, il a vraiment une tête à faire chabrot après le couscous !

Un vélo sans les roues c'est un con, ou disons un sacré con !

Les goûts et les couleurs sont dans la nature, en ville on a pas besoin de tout ça.

Je suis pas plus con qu'un autre mais pour moi, la science c'est du chinois, alors je laisse ça à ceux qui savent. Je ne suis pas du genre à faire semblant de savoir si je ne sais pas… c'est de l'honnêteté intellectuelle… un pastis, Raymond !… la biologie par exemple… et toi ? Un pastis aussi ?

Je t'ai jamais montré mon tatouage ? Tu vas te marrer ! Regarde…
— Je comprends pas…
— T'as lu ?
— Oui… CELLE POUR J'AIME QUE…
— Tu piges ? C'est moi qui me le suis fait tout seul dans la glace quand j'étais à l'armée, je l'ai fait à l'envers ! POUR CELLE QUE J'AIME ! CELLE POUR J'AIME QUE !

Rends-les-moi ! Sans mes lunettes je vois rien ! Et bois pas ma bière !

— Dis donc, pour un gars qui voit rien !…

Un funambule bien entraîné doit pouvoir rentrer chez lui par le fil du téléphone, sauf si c'en est un sans fil. Là, taxi.

Au début, on chargeait les horloges comme des fourneaux, le matin en partant on mettait des heures dedans et on en remettait le soir en rentrant. Fallait pas rentrer tard sinon l'horloge s'éteignait ! Maintenant c'est moderne et c'est tant mieux !

Nous à l'armée, on sentait des pieds.

Pourquoi elle met des porte-jarretelles ? Elle perd ses bas ?

Tu viens ici demain ?
— Oui… et toi ?
— Moi aussi, alors on se voit demain ?
— Oui, à demain.
— Le dernier ?
— Oui… le dernier, après j'y vais.
— Moi aussi… à quelle heure tu viens demain ?

Ils s'en mettent plein les poches, les socialistes, avec leurs combines à la Bourse !
— Si c'est pas eux c'est les autres… alors…

— Je te foutrais tout ça en prison, moi ! Avec même pas la télé !

— À la télé c'est les mêmes de toute façon... alors...

— Tu t'es fait engueuler par ta femme, toi ? Je te connais ! Un jour tu veux la peine de mort, le lendemain tu dis qu'après tout...

— Tu sais, peine de mort ou pas, on se fera toujours autant chier avec nos bonnes femmes... alors...

Les Gaulois, qu'est-ce qu'il nous casse les couilles avec les Gaulois celui-là ! On est plus au Moyen Âge mon p'tit gars !

Je ne sais pas si c'est érotique de faire le ménage à poil, elle aurait pu attendre d'être habillée je trouve...

Fais sentir ta bouche.

— T'es fou ou quoi ?!

Une brosse à dents c'est comme une brosse à cul, ça se prête pas !

Elles sont presque pas salées tes cacahuètes salées...

— Ah... c'est pas normal ça... pas normal...

Quand on s'est mariés je lui aurais décroché la Lune mais maintenant, je change même plus une ampoule à la maison…

Le gosse entend tout dans le ventre de sa mère, les voitures, le prix des carottes, tout.

J'ai joué le 12, le 18, le 34, le 38, le 44, le 46, et le 11, j'en ai pas eu un seul !

— Moi j'ai fait le 12 aussi, le 15, le 19, le 20, le 31, le 38 et le 9, j'en ai pas eu un seul non plus…

À force de recevoir des coups sur la tête les boxeurs deviennent idiots, l'intelligence se cogne un peu partout et on la reconnaît plus.

T'as vu ? T'as un cheveu blanc !

— Il est pas à moi, moi je suis brun.

Tu dors ?

— Mais non je dors pas… j'écoute les vibrations du métro dans le comptoir… ça c'est Paris !

Je sais pas si je te l'ai déjà dit, mais j'ai pas mes sous… je préfère le dire avant, c'est la moindre des politesses…

Regarde le patron qui compte ses sous…

— On pourrait en boire des coups avec tout ça !

— Je te signale que c'est ce qu'on a fait !

Les vitamines donnent une bonne mine, mais ça, c'est un truc de vacances…

♨

Rien ne prouve que les animateurs de radio soient bien dans un studio, ils sont peut-être chez eux au lit à parler en regardant la télé… hein ?

Aux municipales je vais voter n'importe comment, pour voir un peu les résultats !…

Dans ces pays-là les cyclones arrachent toutes les bananes sur les arbres, alors qu'il suffirait de planter de la patate pour sauver la récolte ! Les Japonais sont pas si cons, à cause des tremblements de terre, ils font dans le poisson !

Tu me fais penser juste avant de partir parce que j'y pense maintenant mais peut-être que tout à l'heure j'aurai oublié… euh… à prendre mon sac plastique.

Je vais mettre des rideaux aux fenêtres, comme ça les gens qui passent regardent pas les gens qui boivent et les gens qui boivent sont pas dérangés par les gens qui passent.

— T'as raison, on est pas des bêtes curieuses, ils ont qu'à regarder devant eux quand ils marchent, et nous on regarde devant nous quand on boit.

— Et les moutons seront bien gardés…

— Quels moutons ?

J'ai eu un disque à Noël, il est déjà tout rayé, ça fait « viens manger du saucisson à la/viens manger du saucisson à la/viens manger du saucisson à la… »

— Maison.

— Oui, à la maison, mais c'était quand il était pas encore cassé.

Ça y est c'est fait, en Inde ils ont pendu deux skins qui avaient assassiné Indira Gandhi, ça va calmer les autres.

Un petit blanc pas trop frais ?

— Comme d'habitude depuis quarante ans, jeune homme !

— J'en ai que du frais.

— Alors au revoir, jeune homme !

En haut de l'Himalaya, une puce mesure huit mille huit cent cinquante-quatre mètres et un millimètre, t'imagines un peu ce qui doit lui passer par la tête !

J'aime bien le vélo quand ça descend, mais j'aime pas le vélo quand ça monte !

— Alors t'aimes pas le vélo, parce que le vélo on l'aime même quand ça monte !

— Écoute p'tit père, tu vas pas me dire quand j'aime le vélo et quand je l'aime pas !

— Si, parfaitement !

— C'est quand même pas un mec né en Espagne qui va me faire la leçon !

J'ai le cafard…

— C'est rien, moi aussi… c'est l'odeur du chou.

Les bibliothèques sont pleines de livres qu'on a pas lus et ça continue de se remplir. Dans ce domaine on sert à rien. Une charcuterie, si t'achètes pas le jambon, elle ferme. Là on sert à quelque chose… oui, bon… pourquoi on parle de ça tout d'un coup ? Ah, oui ! Zola, je l'ai lu à la télé mais c'est tout.

Vous êtes bien bucoliques ce matin…

— Bien forcés avec ce temps-là !

— Oh, c'est pas moi qui vais me plaindre, parce que hier soir !…

— Hier soir quand ?

Je vais envoyer mes fringues en Arménie, ils vont être surpris…

Tu te rappelles du coup où j'ai avalé le glaçon ?

Tu ne me crois pas mais tant pis, c'est la vérité, je n'ai qu'un doigt de pied.

Ton patron te cherche partout, il dit que tu n'es pas allé travailler hier !

— Hicr ? Mais c'ćtait dimanchc, hicr…

— T'es con ou quoi, hier c'était lundi !

— Ah mais je ne savais pas… je ne savais pas…

— Menteur !

— Je te jure ! C'était même la messe à la télé !

J'embrasse plus ma femme, à chaque fois elle croit que c'est parce que j'ai fait une connerie quelque part…

En France on n'a pas de désert, on a toujours un pommier quelque part.

J'aurais peur de vivre sur une île déserte, tu te casses une jambe, c'est foutu, ou alors une île déserte avec un hôpital dessus, je serais plus rassuré.

MOI J'M'EN FOUS J'AI DU POIL AUX PATTES ÇA M'TIENT CHAUD L'HIVERRRRRRRRE !

— Ho ! Doucement ! C'est pas Europe 1 ici !

Mon pastis !

— Une seconde.

— Et si je te commande soixante pastis, tu vas me dire quoi ? Une minute ?

On en voit de ces choses ! Tenez, l'autre jour, un jeune garçon assis sur un banc. Il ne faisait rien.

Le désordre, c'est que de l'ordre mal rangé, dis-toi bien ça…

Une jolie fleur qui sent bon c'est la rose fraîche, mais que voulez-vous, on ne peut pas toujours en avoir une sous le nez quand quelqu'un fume !

Y a vingt ans, c'était difficile de choisir entre manger de l'ail et Brigitte Bardot, mais avec le temps, c'est toujours l'ail qui gagne…

J'étais endimanché, PAF ! y me renverse l'assiette sur le pantalon du dimanche ! Ah ! la, la ! C'est la dernière fois que je m'endimanche un mardi !

Un seul coup d'œil et je vois le caractère de quelqu'un, vous par exemple vous êtes très travailleur, et honnête, oui, je vois ça chez vous…

— …

— Vous êtes fidèle avec vos amis aussi…

— Ah oui, ça c'est vrai !

— …

— …

— Bon… je vous dois combien pour mon porto ?

— Non, non, laissez, c'est pour moi !

Tous les jours elle me voit rentrer bourré et j'oublie à chaque fois de l'arroser, c'est pas une vie pour une plante…

Un homme-orchestre doit faire très attention à l'heure, dix minutes de retard, c'est comme deux cents musiciens en retard à lui tout seul !

Qu'est-ce que je vais bien pouvoir boire ?

— Bon… je reviendrai quand vous saurez !

J'ai frotté la voiture en passant, le mec est sorti comme un fou…

— C'est Aladin et le coup de poing dans la gueule ton histoire !

Déjà c'est louche qu'on les appelle des hommes politiques, on dit pas des hommes charcutiers ou des hommes boulangers, que les hommes politiques et les hommes-grenouilles, vois un peu !

C'est français ça comme pièce ?

Quand le bourreau coupait une tête, sa femme devait passer la soirée chez sa mère…

Elle a ramené les yaourts périmés au magasin… si ça c'est pas du culot !

J'ai trop bouffé.
— Ça ira mieux quand tu auras trop chié…

Les canards ne divorcent pas, les canards sont fidèles !

Premièrement, son boudin est pas bon, deuxièmement il est trop cher, et troisièmement il est loin alors que le charcutier d'en face fait du très bon boudin et en plus il est juste en face.
— Labarède ?
— Oui.

Je rêve, ou il est que 11 heures ?

Je sais plus où j'en étais.

— T'en as rien à foutre, demain tu t'en rappelleras plus.

J'ai pété !
— Hein ?
— Alors je chierais dans mon froc que tout le monde s'en foutrait !

Ils ferment mal les camions, et à l'arrivée bien sûr ils ont perdu tous les petits pois.

C'est souvent les pompiers qui mettent le feu.
— Presque tout le temps !
— On n'aurait pas de pompiers on n'aurait pas de feux.
— Moins, en tous les cas.

Le plancton ça pèse quoi… un gramme, tout mouillé !

Le grand plongeoir fait dix mètres de haut, plonger c'est rien, mais monter là-haut !

Tu peux te faire installer la musique dans le tracteur, dans le cheval tu pouvais pas.

Une panoplie comme ça, c'est pour aller jouer dehors, mais non, il fait la chauve-souris dans sa chambre !

Tous les ans on lui paie un cartable neuf ; tous les ans il ramène des zéros neufs !

Le digestif ferme l'appétit, sinon tu manges tout l'après-midi.

Je ne fais pas de politique, je n'ai pas envie de finir comme Hitler pendu par les pieds !

Ils veulent rien rembourser, soi-disant que j'ai pas besoin de rotules pour rester chez moi !

J'aime pas manger avec lui, il parle comme un pélican… la bouche pleine.

Maintenant même ceux qui meurent de faim mangent trop !

On a eu un temps superbe, tous les midis on mangeait dehors comme les hommes préhistoriques.

Ça fait un drôle d'effet la table dehors, c'est que des Chinois… on se croirait en Chine à cette table.

— Y boivent quoi ?

Moi ça fait quinze ans que je suis habillé pareil…

Dis donc, hier t'en tenais une sacrée !
— Moi ? Hier ? Ça m'étonnerait !

Jésus a disparu et on ne l'a jamais revu.
— Tu crois en tout ça ?
— Oui, et il reviendra.
— Quand ?

Si ils passent les procès des chauffards à la télé, c'est au moins normal qu'ils nous remboursent les frais ! On ferait des fiches…

L'amour rend aveugle… ça donne pas envie…

C'est pas André Malraux qui a dit ça, c'est Joseph Poli !

Il a toujours été impeccable mon père, même son lit de mort était au carré.

Ça m'a toujours impressionné que même le dernier connard chinois sache parler le chinois !

Avec un cyclone comme ça tu retrouves ton chapeau à Pékin, coincé dans le cul d'un Chinois !

Les gros qui s'embrassent, c'est un prétexte pour se manger la langue.

Tout est dit dans la Bible…

Qui a dit « ceux qui vont mourir te saluent » ?
— Jules César.
— Non, ici.
— Ah, Pierrot ! avant de partir.

Il reste encore des choses à inventer, on n'a pas tout trouvé.
— La pince à sucre en poudre, par exemple…

Bertolt Brecht.
— Qui ?
— Bretol Bercht… merde, je l'avais bien dit la première fois !

On a deux pieds avec dix doigts, mais ça aurait pu être un pied avec dix doigts, c'est quasi semblable… non, c'est un pied avec vingt doigts que je voulais dire…

Tout est plus simple au pays des Schtroumpfs…

Qu'est-ce qu'il a raconté encore cet enfoiré ?!
— Que ta femme habitait plus chez toi…

On aura tout vu, maintenant les pédés ont le droit de se marier !

— En France ???

— Non, au Danemark.

— Ah… c'est rien, y sont tous plus ou moins pédés là-bas.

Quatre litres, c'est quatre fois soixante-quinze centilitres, j'invente pas là…

— Il serait incapable d'inventer un truc pareil.

C'est pas un truc d'homme, l'enculade !

Le seul vrai métier d'avenir, c'est la fabrication des calendriers.

Ah… voilà le facteur…

Une mouche énorme avec des cornes…

Il y a des vérités qui sont pas bonnes à dire, et même des fois aucune est bonne…

Si tu lances un boomerang tout petit, il revient à toi tout essoufflé.

Tout ce qu'il a dit c'est « au revoir ».

— Ah ! Si il a dit ça, c'est qu'il va revenir !

L'égalité de l'homme et de la femme, tu parles que c'est de l'histoire ancienne ! Qu'elles essaient déjà d'être égales entre elles, après on verra !

Quand est-ce que tu vas le repeindre ton plafond ?
— Je sais pas…
— Remarque, c'est jamais pressé un plafond…

La vaisselle, il suffit de la laisser tremper…

Moi je zappe mais lentement, un quart d'heure sur la Une, un quart d'heure sur la Deux…

J'aimerais pas piloter un avion qui s'écrase, ah non !

L'art…………………………………… c'est joli.

J'ai vu des sacrés cons dans ma vie, mais toi je t'aime bien…

Le MLF c'est fini, moi je retape dessus.

Elle se parfume alors que même le ménage est pas fait !

Avec tous ces rebondissements dans l'affaire Boutboul, les flics vont devoir s'acheter des raquettes !

Bon, les choses sérieuses maintenant… il est à moi ou il est à vous le journal ?

On est en république, alors je sors si je veux !

Einstein, ils lui ont mis son cerveau dans un bocal, moi j'appelle pas ça un génie mais un cornichon !

Quand on fait rien on n'a pas de sous, c'est dur comme chantage !

Si Dieu venait sur Terre, au début on ferait attention à faire moins de conneries, et après on s'en foutrait, au bout d'une semaine faudrait mettre un Dieu à tous les carrefours par groupe de deux…

Si l'heure passait de soixante à quarante minutes, la retraite passerait de soixante à quarante ans, vu que c'est le même registre…

Ils nous font chier pour avoir des pistes cyclables et maintenant tout le monde fait du vélo tout-terrain !

Tiens, va, mets un verre à Spirou.
— Non j'ai assez bu !
— Quoi ?! T'es plus mon pote Spirou ?!
— Si, si mais…
— Alors bois un coup !
— Bon, mais le…
— Le quoi ? On dit pas fontaine, je boirai pas, ça se dit pas !
— Bon…
— Mets un double à Spirou !
— Non, non, un simple !
— De quoi, t'es plus mon pote Spirou ?!
— J'ai assez bu et…
— On dit pas fontaine j'ai assez bu !

Maintenant c'est prouvé, Stakhanov était un superfainéant.

Lui, dans une heure, je le fous dehors…
— On dit pas fontaine je suis bourré !
— Dans une demi-heure…

On n'en parle plus du torero paralysé…
— Il a dû bouger la bite, c'est top secret !

Pour se faire une tache de vin en haut du front, Gorbatchev a dû jongler avec des bouteilles !

Des fous, tu en as partout, dans tous les métiers, et peut-être encore mieux payés que nous !

« L'Affaire du courrier de Lyon », Hossein demande qu'on juge un mec qui est mort depuis deux cents ans, ou cent, alors que des mecs pas jugés attendent en taule aujourd'hui. Mon frère, par exemple.

La montagne c'est haut, mais honnêtement, c'est tout. En bas tu regardes en haut, et en haut tu regardes en bas.

Je voudrais pas encore parler de Polac, mais c'est vrai qu'on en a rien à secouer qu'il se soit fait virer. Non ?...

J'ai joué la date de naissance de ma femme, celle de sa mère et celle de ma fille, j'ai pas eu un seul numéro ! Pas un ! C'est vraiment une famille de cons !

Pas être en retard au boulot, c'est la politesse des rois !

— Tu peux le redire ?

T'as pas le droit de faire justice toi-même, sauf si t'es le juge.

Les plans de paix c'est pas fait pour arrêter les guerres, ça sert à pas se perdre au milieu.

Je voudrais téléphoner ?
— C'est en dérangement !
— Alors un téléphone et un café…
— C'est au fond de la salle.

Me dis pas que Mitterrand t'a téléphoné, je te croirai pas !
— Pas lui, évidemment, mais un mec qui parle comme lui.

Quand tu meurs, tu vois une immense lueur blanche et tu t'envoles comme une mouche jusqu'au plafond. Après, on sait plus.

Si les pays arabes savaient comme on est contents qu'ils s'entretuent, peut-être que ça les calmerait !

La panthère noire c'est l'animal le plus dangereux, après la moule pourrie.

La moitié de la Bretagne a été détruite par l'orage et pas un seul Breton a été blessé.
— Y'en a plus des Bretons, tout est acheté par les Parisiens, et pendant la tempête les Parisiens étaient à Paris.

La station orbitale soviétique s'appelle MIR, comme notre produit pour la vaisselle !

Si t'as jamais fait du nudisme, tu sais pas ce que ça veut dire que se balader à poil.

Parle jamais à un journaliste, il va aller répéter tes conneries en les déformant.

Un homme sur quatre dans le monde dort pas dans un vrai lit, et quand je tombe à côté ça fait deux hommes sur quatre, la moitié !

Elle a fait passer mon Tac O Tac à la machine !

L'homme est le seul qui se cache pour pourrir !

La moule pourrie c'est pareil, de dehors on voit pas…

Quand le père travaille à Air France, toute la famille a des réductions presque gratuites, tu peux monter dans l'avion comme tu veux ! Moi, mon père, il pose des ascenseurs.

En parlant de ça, ça me fait penser que j'ai du pain à acheter… c'est ton histoire de boulanger qui m'y a fait penser…

Si c'est moi qui pète ça me fait rien, mais si c'est quelqu'un d'autre je supporte pas. J'ai le nez égoïste.

Il était grand comme un nain géant, un mètre soixante-quinze.

C'est des religions superfortes, c'est l'esprit qui est jamais malade.

Deux millions de femmes battues en France, ça fait au moins dix millions de femmes engueulées, minimum !

Le poisson est un animal aquatique puisqu'il vit dans l'eau.
— Oui, ça on le sait.

Les cerfs se battent pour la femelle, nous ça va plus vite, on tape directement sur la femelle !

Je mange tous les champignons, les mortels ça me fait rien…

Ils ont dit que le malaise de Mitterrand, c'était de l'hypo je sais pas quoi ! Il avait picolé oui, c'est tout !

Je regarde d'abord les nichons, si ils tombent j'ai une petite chance, si ils traînent par Terre, là c'est sûr !

Rue de La Rochefoucauld ? Ça doit être difficile à trouver avec un nom pareil !

Je suis allé à la rétrospective Charles Pecus rue Drouot, avec le bus 74, mais c'était fermé ce matin-là…

Si tu voyais comment ils bossent, les Japonais, tu serais écœuré !

Je ne supporte pas ! Personne ne se curera le nez devant moi, même le pape !

Imagine que la lettre soit retournée et que t'as pas mis ton adresse derrière ?… imagine…

On est arrivés pile pour huit heures et demie, on avait rendez-vous à huit heures et demie on est arrivés pile juste…

L'érotisme, c'est un truc de gonzesse ! Moi si je sors ma bite on va pas parler d'érotisme !

Il y avait du brouillard ce matin, une sacrée crème de goutte !

Dans le nichon féminin il y a une glande grosse comme une couille, pas plus.

On oubliera Einstein comme on a oublié d'autres scientifiques bien plus connus.

C'est les cons qui rêvent de changer le monde, alors qu'en laissant faire il change tout seul…

C'est pas de ce côté que c'est intéressant, c'est de l'autre, là vous avez les explications scientifiques de la carte postale qui change de couleur avec le temps…

Je lui ai acheté un disque des Beatles, j'espère que ça lui plaira pour une fois…

Qu'est-ce qu'il me fait de la peine quand il ouvre pas ses cadeaux !

C'est la première fois que je prenais l'avion, j'ai même pas voulu monter !

Si y en a une qui vient dans sa classe avec le voile, je fous une casquette Ricard au mien !
— Tu parles ! Elles mettent un voile et elles ont pas de culotte !

Ils font de la pub pour battre sa femme à la télé, on aura tout vu !

Bats ta femme tous les matins, si toi tu sais pas pourquoi, elle non plus…

Un Aspro s'il vous plaît…

C'est tout petit un bébé, ça fait drôle…

J'aime pas mâcher longtemps, ça fait Africain…

Alors pépère, faut mettre une capote !
— Oh, le sida c'est plus de mon âge…

Y a jamais de nuages le samedi, t'as remarqué ?
— Non.

Il a bien mis l'ambiance à table, mais à la fin il a foutu une grosse merde.
— Il a toujours fait ça.

Du vin ?
— Du vin.

— Vous voulez quoi comme vin ?
— Du vin.
— Oui, mais quel vin ?
— Du vin.
— Y sont cons ces Japonais.
— Du vin.
— Ouais ça vient !

On est pas en Japonie ici…

Elle a de la culotte de cheval sur les joues, je sais pas si tu vois !

Tu verrais ce restau à Étampes, un steak t'as deux énormes bouts de bidoche comme ça !
— C'est pas trop chic ?
— Normal, et tu bouffes comme un chancre !

Le caca, on en mangerait pour rien au monde !

Une merde, mon pote, comme mon bras !

Si elle me coupe les cheveux trop court, je la tue…

T'as qu'à lui acheter une robe, les femmes ça aime ça.

Intercéder… intercellulaire… intercepter… interception…

— Tourne, c'est plus loin…

— Intestinal… intimation… intime…

— Tourne, tourne, c'est plus loin…

— Invertébré… inverti…

— Putain t'es chiant ! Il sait pas chercher dans un dictionnaire, laisse-moi faire !… Ire : courroux, colère… tu vois que ça prend pas un h !

C'est des connasses les femmes d'avocats !

Deux kirs et vite ! On est garés comme Hérode !

Va te faire enculer !

— Plus t'es grand plus t'es bête !

On aurait des coquilles, on serait tout le temps cassés !

L'érotisme, c'est la politesse du cul !

Il y a un puceron dans ma Suze !

— Un puceron ici, ça m'étonnerait !

— Il est peut-être tombé de vos fleurs…

Qui c'est qui a pris le croûton de mon pain ?!

Si t'es handicapé, t'aimes pas les haricots qui marchent dans les dessins animés…

Mickey, le monde entier l'adore, de Paris à… à… à Londres !

Non, Donald n'est pas marié, Daisy est qu'une fiancée.

Picsou non plus.

T'as vu ça le film sur Mozart qui pète tout le temps en faisant le con ? Ben merde ! Il est sympa ce mec, Mozart.

— Qui ?

— Mozart !

— Qui pète dans un film ?

— Oui je te dis, hier soir à la télé !

Je mets des petites miettes sur le rebord de la fenêtre pour les petits oiseaux, eh bien maintenant c'est plein de crottes, vous avouerez que des fois c'est à vous dégoûter des volatiles !

Un demi pour l'homme, une bassine pour le chien.

— De l'eau tiède, je sais.

Quand il m'a présenté sa fiancée, je croyais que c'était un copain à lui, voyez voir !

Il a dû pleuvoir hier soir, j'avais les essuie-glaces qui bougeaient.

— Il a pas plu que de l'eau on dirait !

Le grand René qui est mort – je lui ai castré x cochons à celui-là – je le voyais qui buvait une grande bouteille d'eau avec la casquette en bataille, et il disait « dis donc hier, je suis tombé dans une embuscade ! »… il tombait toujours dans des embuscades !

On en apprend plus des fois en n'écoutant pas ce que la personne elle dit qu'en écoutant des trucs pas intéressants.

Les pigeons ont de moins en moins peur de nous, vous verriez ceux que j'ai sur ma gouttière, à travers la vitre ils regardent ma télé…

Tu le connais celui-là ?

— Jamais vu.

— C'est un soûlard d'ailleurs.

Le spermatozoïde est comme un petit têtard qui vit dans les couilles.

— Ah…

— Et si tu baises jamais ils ont les pattes qui poussent et après tu te retrouves avec les couilles pleines de grenouilles.

— Qu'il est con ce mec !

L'éléphant a un énorme sexe alors que la fourmi en a un tout petit, ça empêche pas la fourmi de faire des petits, au contraire, elle en a plus que l'éléphant… la taille de la bite a rien à voir, si c'est ça que tu veux savoir…

Si on avait des bosses comme les chameaux, on viendrait au café une fois par an seulement !

Qu'est-ce qu'il a bu vite !

— Il picole en sténo !

De toute façon, tant qu'il y aura que des femmes chez les féministes, ça marchera jamais !

Si tu vas aux États-Unis, va absolument dans une réserve indienne. Pour eux, ils aiment vachement les Français, y a que ça qui existe pour eux, les Français, vas-y, tu paieras rien.

J'y joue encore au tiercé, ho, c'est plus par acquit de conscience que pour gagner…

C'est contre la nature d'abandonner son enfant en plein Paris, et quand je dis dans Paris, à la campagne je pense pareil !

On vieillit tous en même temps, c'est un peu comme la patrouille de France…

Les gonzesses escargots, toujours les nichons dans la salade, toujours…

Si tu gagnes au Loto à cent ans, c'est sûr que tu achètes que des conneries.

Ils disent que c'est la femme à Einstein qui a tout trouvé, pas lui…

— Mais oui, c'est ça, et c'est la femme à Platini qui tape dans le ballon !

Le mot le plus court de la langue française, c'est ferme ta gueule !

Tu l'as vue la championne de ski aveugle de naissance ?

— La grosse là ?

Moi, à mon travail, je peux arriver à l'heure que je veux !

— Tu vas voir comment il va se faire lourder à l'heure que les autres y veulent, tu vas voir ça !

Un alcoolique restera toujours un alcoolique, même s'il ne boit plus, il regarde les étiquettes.

Pourquoi interdire l'enculade, hein ? pourquoi ?

Son pied coupé, à l'autre, ils lui ont greffé à la main, et ça y est, ils lui ont remis à la place du pied…

— Avec la bite coupée, tu crois qu'ils auraient fait autant de publicité ?!

— Euh… la bite greffée à la main ? Ah qu'il est con !

— Non, non, je blague pas…

— Tu blagues pas ?

— Non, non, ça m'énerve cette histoire de faire des opérations sans demander sur un mec qui était bourré, c'est dégueulasse, dégueulasse, vraiment dégueulasse !

— …

— T'imagines, toi ? Un soir tu tombes sous le métro, tu te réveilles t'as des pieds partout ?! Y sont fous ces mecs !

— … hum…

Il arrêtait pas de regarder ma femme avec sa gueule de connard de clown, je te jure, deux pastis de plus et je descendais sur la piste lui éclater sa tronche !

Pendant que tu dors, l'œil il continue de regarder la paupière mais il se fait chier…

Après tout, chacun fait ce qu'il veut avec ses orifices personnels…

« Est-ce que vous vendez des suppositoires à l'eucalyptus », on peut pas le dire avec des fleurs.

Le sida saute aussi accroché à un postillon.
— Il est fier de sa connerie.

Un vrai clochard, et y veut me payer avec la carte bleue ! Tu sais pas ce que je lui dis ?
— Non.
— Désolé, je prends les cartes à puce, mais pas les cartes à poux !
— Il est con lui !

T'avais une fesse là, et une fesse là, l'Allemagne réunifiée c'est un gros cul là…

Madonna, dans quarante ans elle aura le cul comme mon nez ! Y te fait bander mon nez ?!

L'agriculture se meurt…

— Se meurt ?

— Oui, elle se meurt elle-même par inadvertance des récoltes.

— Ah…

Une belle omelette, c'est six œufs pas moins…

Les députés se sont augmenté la paye en cachette, j'ai lu ça dans *France-Soir*… Vraiment y me dégoûtent ces mecs-là… vraiment… Trois mille balles y se sont donné chacun pour se faire plaisir ! Tu sais ce que c'est trois mille balles, c'est la paye du gamin qui commence dans la boulange, et y se font une paye en plus ces gros-là… Ah je vote plus ça y est je vote plus ! Tu sais ce que c'est des gens comme ça… des PETITS…

Je vais aller bosser à l'étranger, le salaire est doublé par quatre !

Le serpent minute te pique, tu meurs juste en une minute, à moins que le serpent soit pas sérieux…

Moi, mon idée, c'est d'inventer un jeu où on gagne un appartement à la Grande-Motte. C'est dans l'Hérault…

Heureusement qu'on n'a pas de l'eau dans les veines, tu bandes dehors l'hiver, tu gèles ta bite !

La théorie de l'évolution ? Tu parles ?! Et d'abord l'évolution de qui ? Tout ça c'est pipeau ! On n'a pas évolué… on a changé…

— Quand tu changes de slip tu dis pas que t'as évolué du slip, si ? Non ? Si ?

L'instituteur tape mon môme ?! Je l'attache à la bagnole et je le traîne dans la décharge !

Si la poule elle se lave pas le cul, l'œuf il est déjà mal parti dans la vie…

Au fond, l'hippopotame nain c'est bien, dans l'évier il est content…

Une vache qui habiterait à la ville, elle aurait jamais de taxi !

C'est peut-être à cause des guerres, qu'il y a des courants d'air ?

Tu t'endors au Soleil et ça y est, deux heures après t'as des hirondelles dans les trous de nez !

Chez les très très grosses femmes, le clito a un peu de bide.

Si tu roules à cent et que tu fonces dans une voiture qui roule à cent, c'est comme si tu rentrais dans un mur à deux cents !

— Elle va pas à deux cents, ma tire.

— Non, mais je parle pas de ça !

— De quoi tu parles alors ?

— Moi quand y parlent comme ça, ces deux-là, j'y comprends rien.

Une Suze ?

— Non, une Avèze, je suis pas un touriste.

T'as vu ça, l'attentat contre Rajiv Gandhi ? Plus de tête il avait, ils ont mis la bombe dans le collier de fleurs… une bombe dans des fleurs ! Les mecs respectent rien !

— C'est comme un scorpion dans la Suze.

En Inde y font brûler les morts, quand tu sors du cimetière t'es noir comme un charbonnier…

Quand Pinocchio meurt, ça brûle bien…

C'est des Indiens ou c'est des Hindous, en Inde ?

— C'est des connards.

En Inde, à partir de neuf heures du soir, il fait doux…

Je voudrais pas faire mon philosophe de comptoir, mais bon, sans la vie t'as pas la mort, puisque…
— Puisque quoi ?
— Hein ?

La mer, j'aime pas me baigner.
— Moi non plus, ou alors c'est une mer à toi que t'as dans ton jardin et personne d'autre y va…

Je connais deux cent treize blagues, j'ai appris l'humour à l'armée…

Comment on fait, pour écrire un livre ?… non, c'est pas pour moi, c'est un pote à moi qui a une idée…

Tu me le prêteras, quand tu auras fini ?
— Oui, mais je te préviens, moi un polar, c'est un an…

J'ai deux sèche-cheveux à la maison, un pour la tête et un pour le cul…
— Menteur !

— Je vois pas pourquoi je mentirais là-dessus…

T'as pas l'air dans ton assiette ?
— Je suis sur le bord…

Un rang de poireaux, une montagne, un rang de poireaux, une montagne, comme ça quand il pleut sur la montagne ça arrose les rangs de poireaux.

Ça a toujours une forme, un nuage, minimum c'est un pain…

Tu votes, c'est la démocratie, mais quand tu votes pour Hitler, c'est quoi ?

Hitler, comme jardinier, y tondrait tout le temps…

Je vous les change ?
— Non laissez, les fourmis dans les chips, ça fait vacances.

Du bourguignon ? Par ce temps-là ?
— Tu veux un chapeau de paille dessus ?

Vincent Van Gigh, ça fait coureur cycliste.
— Van Gogh.

— Je sais qui c'est, Van Gogh, mais en attendant Van Gogh ça fait grimpeur.

« Au théâtre ce soir », c'est irregardable le matin.

Les phares les plus droits, ils s'en servent pour faire des mâts de bateaux.

Les jeunes s'installent aux tables là, et après c'est deux heures devant un café à causer !

— …

— Et comment je gagne ma vie, moi ?

— Évidemment… les jeunes c'est pas marrant pour ça.

Dans les pyramides les mecs y peignaient des fresques, parce que va planter un clou toi, pour accrocher un tableau…

T'as vu les mecs !

— Oui merci, j'avais compris.

Partout des pucerons, partout sur les rosiers, sur les haies !

— Ahlalalala…

— Partout.

— Ahlalalala…

— Sauf sur les capucines, y en a pas.

— Ah ?

Dubrovnik c'est pas un pays, ça ! Maxi une ville… et encore…
— Du crabe ?
— Peut-être du crabe en boîte.

Au moins, à la mer, t'as la mer pour les gosses, alors qu'à la montagne t'as que la montagne pour les gosses, et la montagne, les gosses y comprennent pas…

Avec ce temps-là, moi c'est pastis.

Fait beau, hein ?
— Oui, avec ce temps-là, moi c'est pastis.

Putain, le temps !
— Oui, avec ce temps-là, moi c'est pastis.

Chez Nicolas, en plus du vin, c'est ouvert tard !

Avec ce temps-là moi c'est pastis.

Y montraient un dentiste pour crocodiles, ben putain, moi un crocodile il a mal aux dents je dis y se démerde, on va pas foutre des plâtres aux oursins, non plus !

C'est un restaurant qui sert des mouches dans le melon.

— …?

Pour un Esquimau, la Suze cassis c'est comme pour nous un punch coco…

Dans le désert tu trouves des plantes grasses… comme si y avait des camionnettes de bouffe qui passaient…

La nuit ?

On mange quoi, ce soir ?

— Tu verras bien.

La poule a eu des contractions très tôt ce matin, et elle a pondu dans l'ambulance…

??

C'est vrai que je me rallonge, mais ses rillettes sont tellement bonnes, ça vaut le détour.

— Moi jamais je me rallongerais pour des rillettes !

???

Mais si je servais pas les cons, j'aurais personne, tu comprends ?!

— Tiens… tu me remets ça…

Vous n'auriez pas un petit quelque chose à grignoter ?

— Putain, j'ai que des souris ce midi pour l'apéro !

Avec toutes les taxes qu'on a, comment voulez-vous qu'on s'en sorte…

Le jour le plus long, c'est avec des gens qui sont sales, qui volent, qui trichent, qui aiment pas la société…

— Je crois que tu te trompes de film…

Une bite d'un mètre c'est bien, mais… par exemple, au bureau, c'est trop.

HOUERK HOUERK HEUUUU REUUUUU KRA HEUUUU HOUERK CRAAAAAAA REUUUUUUUUU… putain je fume trop, moi…

Dans l'émission hier soir, Brigitte Bardot elle faisait un truc contre la fourrure, et on la voyait sur la banquise avec un phoque, elle était couchée sur la glace avec le phoque… moi je suis le phoque je me demande… t'es là sur la banquise, et tout d'un coup t'es avec Brigitte Bardot ! Moi je suis phoque je le crois pas ça ! Tu bulles sur la banquise, tu tournes la tête, BRIGITTE BARDOT !

L'Est contre l'Ouest c'est fini, maintenant c'est le Nord contre le Sud.

— …

— Mais bien sûr, le bloc de l'Ouest contre le bloc de l'Est c'est fini, à la place c'est le bloc du Nord contre le Sud…

— Le Sud c'est pas un bloc…

— Non.

Ho !

— …

— Ho ! René !

— …

— Ho !

— …

— … putain il est fait lui… Ho !

— …

— René, ho !

— Quoi que quoi hein ?

— Tu te brûles la lèvre avec ta cigarette !

— Ah bon…

Maurice Papon il a vendu des Juifs pendant la guerre, mais de Gaulle aussi… alors bon… c'est la France ça…

Moi je te dis que faudra le reconstruire le Mur, si on veut pas être envahis par les crève-la-faim… et VITE !

Au Moyen Âge, bonjour quand tu chies dans ton armure !

Le rayon de soleil était plein de poussière, personne passe l'aspirateur sur le Soleil, ça se voit…

Le soja c'est un petit haricot, d'ailleurs ça devrait s'appeler petit haricot. Soja, ça veut dire quoi ? RIEN ! Tu m'écoutes ?

Y a pas que l'argent dans la vie, t'as qu'à faire un chèque !

Ha, ha, ça y est j'ai compris !

Moi j'aime bien les moches…
— Moi c'est les connasses que je préfère…

Je viens des Galeries Lafayette, tu verrais, c'est toujours les hommes qui portent les paquets…
— Évidemment… et c'est des paquets pleins de conneries qu'elles achètent !

Rien n'a changé depuis… la nuit des temps…

Dans les grands magasins, y'a pas de chiottes.

Walesa, il a gagné les élections parce qu'il aime pas les Juifs.
— Ça vaut le coup, finalement !

Tu travailles ?
— Ni dieu, ni maître, ni patron, ni boulot !
— Alors ni demi.

J'aimerais bien me faire sucer par Nana Mouskouri…

Pour son hémorroïde il est allé chez le docteur, mais comme il est tombé sur une bonne femme à la médecine du travail, il a pas voulu la montrer, il l'a ravalée et il est parti.

Moi c'est madame Pompidou qui me faisait bander… à l'époque je parle.

Régine, on dirait une vieille pute qui a gagné au Loto, elle est superbe.

Ce matin, j'ai déjà bu six Ricard…

T'as vu la nouvelle librairie qu'ils ont ouverte à l'angle ? C'est bien placé… ça ferait une bonne boucherie.

T'as mis ta culotte, Odette, parce qu'y fait froid !

Ah si, c'est vrai, je mange un paquet de pâtes par jour moi et mes animaux…

T'as appris à pisser chez les clowns ? T'as vu tes godasses ?

Plus tu manges et plus tu manges !
— Pareil qu'avec moins tu manges.
— Exactement pareil !

Dans ce pays noir, y crèvent de faim comme des mouches !

Les progrès ?! Quels progrès ?! Tu parles ! Plus le monde fait des progrès, plus les pays pauvres s'enfoncent, alors le progrès, c'est à se demander si ça sert à quelque chose !

— Le progrès c'est comme le trou du cul, c'est formidable pour ceux qui ont mangé, mais ça fout dans la merde ceux qui regardent !

J'ai beaucoup aimé sa rubrique sur les camemberts… beaucoup…

Là je bois, mais sinon, je bois pas…

En URSS, on n'a pas le droit d'acheter de la viande…

Un poisson qui meurt de vieillesse, au milieu de la mer, il se met lentement sur le dos et c'est fini…

T'as un truc là, dans le nez…

— Et alors, c'est pas ton nez !

Christophe Colomb, en arrivant au ciel, il a dû tout visiter tout partout…

— Dechavanne ?

— Colomb !

C'est un film interdit aux femmes enceintes que je suis allé voir, j'ai pas eu peur…

Il est né à minuit pile, tout rouge il était ! Une heure de plus et il était trop cuit.

Un soir sur deux, y tombe sur le palier…
— Un petit verre ça va, mais là c'est triste…
— Il a de la globine dans le sang qui lui empêche l'évaporation de l'alcool du sang…
— C'est rare la golbine ?
— La globine… pas mal rare…

Tu pars ?
— Faut que je vas à Casto.

Tu vas lui acheter des fleurs ?
— Non, je vais aller en piquer dans un square, et on boira les sous…
— T'es malin, comme mec !

Les maharadjahs mangent jamais de frites ?

Un coup de grisou dans une mine de crayon ? Hein ? De quoi y me parle, lui ?!

T'as entendu Chirac qui dit que les nègres y puent ?
— Il a raison !

Dans l'histoire de la France, c'est bien que un y soit raciste OFFICIELLEMENT.

— Et c'est bien que ça soit le maire de Paris.

— C'est mieux qu'à Dijon.

Qui ?

— Chirac…

— Eh ben au moins, comme ça on sait ce qu'y pense.

— Il était bourré…

CHIRAC = LE PEN !

— Ça enlève pas la sincérité…

C'est un pauvre mec, de toute façon y prend de la coke pour tenir…

— En tous les cas ça se voit qu'il est énervé…

Y file un mauvais coton.

— Il a un cancer, c'est normal.

Quand on pense que la France est gouvernée par un vieillard et une bonne femme…

— Presque en l'an 2000 !

On dirait une vieille tribu assise dans le sable, la France…

Tu filmes dans mon quartier, je te jure on dirait un pays étranger ! Pour peu qu'en plus tu rajoutes de la smala-musique !

Les hommes politiques sont déconnectés de la réalité.

— Et toi ! T'es pas déconnecté, à parler comme ça ?

— Comme quoi ?!

— Comme un con de la télé !

— Ah bon, tu trouves ? En plus je la regarde jamais !

À l'école ils apprennent les langues étrangères.

— Ben putain, elle est belle, la France !

C'est pas déconnecté qu'il est lui, c'est détire-bouchonné !

Si en France y a trois millions de chômeurs, moi je dois porter le dossard numéro deux, j'étais dans les premiers.

Au début le chômage c'était bien, mais maintenant on est trop.

Si c'est ma femme qui avait été Premier ministre, moi j'aurais dit non !

— Moi c'est pareil, j'aurais mis le holà…

Quand tu vois la pauvre Cresson, elle a même plus le temps de se laver…

— Elle aura pas fait du bien à la cause des femmes…

Tu vois de qui je veux dire… la pouffiasse qui est au gouvernement… oui, c'est ça. Cresson… eh ben c'est une gouine, mais si, bien sûr… son mari c'est une couverture, ben tiens…

Elle a plus qu'une chose à faire, c'est elle s'excuse et elle s'en va…

— Au moins c'est intelligent, ça !

C'est LA vase ou LE vase de Soissons ?

— LA vase, à cause de l'Aisne… mais c'est moi qui le dis…

J'aimais bien voir les Charlots, maintenant au cinoche t'as que de la merde !

En Inde, y'a un moment où les éléphants y se branlent sur ta jambe !

J'ai condamné les cabinets, parce que si quelqu'un attrape le sida dans ton café, eh ben tu paies toute ta vie !

T'as beaucoup de volcans là-bas, parce que la croûte terrestre passe SOUS l'Auvergne…

Après caguer ils se mettent un suppositoire à la menthe !
— Y sont cons, ces Américains…

Des grêlons gros comme ça !
— C'est pas très gros.
— Mais non, pas l'olive ! La soucoupe !

Avoir un fils pédé, c'est ce qui peut arriver de pire à un homme… mais attention, j'ai rien contre les pédés !

La liberté sexuelle, ça a des limites… t'auras jamais la bite qui s'envole, par exemple.

Tous les matins il arrive ici comme un cahier neuf, tous les soirs il repart plein de ratures.

Moi je pourrais pas dormir à la belle étoile… et d'abord je dors sur le ventre, avec moi c'est toujours à la belle fourmi !

C'est une buvette champignon comme nous on appelle, t'as rien dans le pré, et tout d'un coup en deux minutes elle est montée ! C'est une technique de l'armée.
— Vive l'armée !

🍷

Des radis beaux, beaux, beaux, alors du coup j'en ai pris deux bottes !

— Ah bon ? Faudra que j'en prenne, alors…

— C'était les deux dernières… ah, ah !

Fais pas semblant de plus savoir, hier t'as dit les Suze je les paie demain !

— Ah oui, oui, ça y est !

— Hum… charlot, va…

Un coup de pied au cul, c'est plus vexant qu'une bombe atomique.

De toute façon, la Chine c'est tellement grand que t'inondes d'un côté, c'est tout sec de l'autre…

La Lune passe entre la Terre et le Soleil, c'est ça qui fait l'éclipse…

— Et y a la place ?

— De ?

— Passer…

C'est pas long une éclipse, ça dure quatre minutes, eh ben à la télé ils ont montré que des bouts !

Un résumé d'éclipse, c'est quand même moins joli…

Ben et mon ballon ?!
— Il est derrière celui de René…
— Ah pardon, je l'avais pas vu, ça faisait éclipse.

Patty Smith.
— pastis qui ?

Moi j'en mange pas !

C'est des handicapés qui épluchent les patates avec leurs pieds, faut le voir pour le croire…

On voulait faire restaurant mais on s'est dit avec ma femme, pourquoi faire restaurant, si par exemple y a pas de clients, alors on a décidé de faire que le bar, et y a personne… Si ! une fois on a eu Roger Pierre qui est venu au festival de Cerisiers, on lui a pas fait payer, Roger Pierre ça impressionne, dans une grande pièce vide comme ça, il a dédicacé une photo, elle est là la photo… bon… merci bonsoir…

Ils sont entrés dans le village et toute la population leur a offert des pichets de cidre.
— Aux Allemands ?
— Mais non ! Aux Français !

Tu peux mettre ce que tu veux dans une salade, mais c'est la vinaigrette qui décide de l'intelligence de ta salade.

Tu peux séparer les siamoises, bien sûr, mais attention, du coup ça te fait deux enfants au lieu d'un, et ça on n'y pense pas, pour l'école, pour tout…

Je veux bien donner mes organes mais que ce soit greffé sur un animal…

Quand tu penses au nombre d'œufs cassés tous les ans, si tu te fais réparateur d'œufs, tu gagnes des milliards !

— Pas con.

… je serais bien allé à la Fête du Houblon mais je reprends le boulot demain…

Je ne lis aucun livre, et après ? Je suis con ? Et après ?

J'aime bien cette radio, ils passent des airs d'accordéon, après tu les as dans la tête, mais des fois ils passent deux fois le même, ça me trotte en double dans la tête et ça donne le vertige…

Tu te dis, c'est incroyable tout ce qui se passe à l'étranger quand t'es pas là-bas, t'as qu'à voir les journaux ou la télé ce qu'y disent, tu y vas, et quand t'es là-bas tu te dis, c'est incroyable tout ce qui se passe pas quant tu y es, c'est vrai t'es là, tu regardes, y a rien, tu sors de la gare y a des bus pour aller dans le centre-ville, c'est tout ce qui se passe à l'étranger, alors je pars plus, les vacances, c'est à la maison, et je dis bien à la maison, pas chez les voisins, les voisins idem, quand t'es chez toi tu te dis, tiens, ça doit être bien chez les voisins, peut-être qu'y se passe quelque chose, y jouent aux cartes pour donner l'exemple qui me vient là, mais si je cherche je peux en trouver d'autres, t'y vas, et chez les voisins y a rien, alors autant rester chez soi, pas vrai, à regarder la télé, ceci dit la télé c'est pareil, avant qu'elle est allumée on dit, tiens y a peut-être des trucs bien qui passent et si ça se trouve je suis en train de les rater, alors t'allumes et au final y a rien c'est de la merde ou une émission qui parle de l'étranger et qui te fait croire qu'y se passe plein de choses là-bas alors qu'y a rien, et même maintenant c'est la nouveauté du siècle, on te fait des émissions sur les voisins, tu regardes, tu crois qu'y se passe plein de choses chez les autres, et tout compte fait y se passe pas plus chez les autres que chez toi, tu joues pas aux cartes, je pourrais dire un autre exemple, en cherchant un peu, et les voisins non plus jouent pas aux cartes, t'es pareil, à la limite c'est toi le voisin et à la limite encore plus t'as l'impression d'être à l'étranger, moi, chez moi, je suis un voisin à l'étranger, alors franchement, je vois pas pourquoi je partirais, pas vrai ?

Je veux bien partager le travail, mais que sur la plage l'été, je sois tout seul aussi…

… virgule… mon fils qui a été malade…
— J'excuse, c'est « x » ?
— … x… u… s… e… j'excuse mon fils qui a été malade…
— On dirait la dictée de Pivot.
— Oui, en plus utile.

Je crois que je vais planter des Daniel Gélin…
— ?????
— Oui… c'est des roses.
— Ahhhhh…

Le spermatozoïde qui sort de la couille gauche il est gaucher, et celui de la couille droite il est droitier… mais bien sûr !

Et ma bière ?!

— Elle arrive, elle arrive… t'es si pressé que ça d'avaler des bulles ?

C'était pas con de mettre des petits jouets dans les paquets de lessive, parce qu'en jouant avec, les gosses se salissaient…

Celui qui est optimiste, il dit « un verre à moitié plein », et celui qui est pessimiste il dit « un verre à moitié plein ».

— C'est pareil !

— Ben oui !

— Ohhhhhhhh… t'es à moitié plein, toi !

À la maison de retraite des pétomanes, à minuit, tout le monde travaille !

Un ciel… un ciel… tout bleu rubis !

Les Noirs, ils ont l'ultraviolet de naissance dans la peau.

C'est la pommade du scandale, vu que les tubes, on ne peut pas défaire le bouchon !

— Même en forçant ?

— Même en forçant.

— C'est de la pommade qu'il faut rendre alors ?!

— Dès que la pharmacie ouvre, c'est de la pommade rendue.

Les jumeaux, quand y en a un qui prend un pastis, l'autre, même à mille kilomètres, il en prend un aussi… ils ont fait des expériences là-dessus.

On y va ?
— Où ?
— Ben bosser, tiens !

Les harkis je les défends pas, au fond, c'était que des collabos ! C'est comme si les mecs de Vichy y demandaient des sous en Allemagne !

Les fils de harkis ceci ! Les fils de harkis cela ! On entend parler que des fils de harkis ?! Ils ont pas de filles ?

Même pas besoin de gaz lacrymogènes, moi aux harkis je balancerais de l'antifourmis !
— Normal.

Toi, t'es jamais content !
— Moi ? Paie un coup, tu verras.

Tu sais, pour moi, les négociations entre Juifs et Palestiniens, c'est rien que des Arabes qui causent…

Qu'ils leur donnent un pays aux Juifs et qu'on n'en parle plus !
— Ils en ont un.
— Je sais pas.

Qui c'est que ça intéresse ici ?
— Quoi ?
— Ce que je viens de dire.
— … personne…

Normal.

🍷

Tu me redonneras un demi, j'ai ma nappe phréatique qui se reconstitue pas…

Faudrait que tu boives pendant trois ans pour que ça revienne au niveau d'avant !

On a bu du vin, ah je vous dis, formidable ! Et la bouteille, belle, belle, en forme de pélican…
— Ah ils sont forts ces Espagnols, pour le vin !

Avec ma femme, on s'est rencontrés à la cafétéria de Casino.
— Ah… et c'est bon, là-dedans ?

Un fusil de guerre ça porte à un kilomètre, pour tirer à cinq cents mètres, faut prendre un fusil de paix ! Ah, ah !

Ce genre de grand orchestre est toujours suivi d'un camion cantine.

— Remarque c'est vrai, si ils vont au restaurant, c'est des fortunes…

À Paris tout le monde court, du coup les marcheurs on les voit bien…

Dans les pin's, t'as une espèce de drogue qui fait que faut que tu en rachètes coûte que coûte !

Si tu mets du vin dans le radiateur, ça te fait du vin chaud qui se promène dans toute la maison ! Quand tu mets la serviette à sécher ça fait pas pareil, forcément…

T'as l'épée de Dame Hoclès, qui est une petite épée, et t'as l'épée du père Hoclès, qui est plus grande.

Le malaise des banlieues ? Un Aspro chacun et c'est tout.

Des morts sont ressuscités, et ils ont écrit des livres.

— Pas besoin d'être mort pour ça.

Mon rêve à moi c'est un petit potager et une Mercedes.

Rien foutre et gagner au Loto, c'est ma devise !

Quelle heure ?... un autre alors...

La pêche à la truite est interdite à l'asticot ! INTER-DITE !

— Si tu crois que tu me fais peur.

J'aime bien mon quartier, les gens achètent du pain et ils n'ont pas l'air d'avoir de problèmes.

Un bon dictionnaire, pas besoin de le changer tous les ans...

La femme c'est une fleur, faut la garder dans l'évier comme dans un vase...

À Cousteau, hier, ils montraient des crevettes, ça radote un peu comme émission...

Dans chaque grain de raisin, y a autant de calories que dans une grappe, tellement c'est sucré.

Avec les gels que la vigne a connus cette année, on n'est pas près de boire du vin chaud !

La route des vins c'est plus assez, nous on fait l'autoroute des vins pendant l'été !

Moi je dis, ça va mal finir tout ça !

T'as plus de vendangeurs, tout est ramassé par des machines ! Comme si elles s'y connaissaient en pinard, les machines !

Cresson, je lui ferais même pas descendre la poubelle…

Chirac, y se tape Dorothée.

Tous les mélomanes te le diront, Karajan c'est de la merde.

Tu connais le proverbe, quand le sage montre la Lune, le connard regarde le doigt.
— Et alors ?! Il a raison, le connard ! Y a rien sur la Lune.

Moi je préfère être con que trop intelligent.

— Moi c'est pareil.

L'école ça sert à rien ! Ou alors si ! Au bistrot en face !

Faudrait me payer cher pour retourner à l'école ! Je les vois, les jeunes de maintenant, ils apprennent des choses qui servent même plus le lendemain !

J'aime bien le piano comme instrument, on peut garder ses chaussons…

Tu dis ?
— …
— Tu dis ?
— …
— Tu dis ?

Les HLM, ils les donnent EN PRIORITÉ aux Noirs qui travaillent pas depuis cinq ans, eh ben c'est dégueulasse ! Moi je travaille pas depuis deux ans, je vais passer derrière !

Si la poule est allée au bal, ça se voit dans les œufs.

Je suis rentré tard parce que j'étais bourré, tu sais ce qu'elle lui faisait à manger au gamin ? Du maïs !

— C'est des coups à se mettre à boire, ça…
— Comme à une poule ?

Elle épluche les pommes de terre devant la télé, et même si c'est la guerre qui passe, elle s'en fiche elle continue à éplucher…

— C'est pas la guerre qui va les éplucher, les patates…

Faut que j'y aille…
— …
— Faut que j'y aille…
— Eh ben vas-y !
— Ho ! J'irai quand je veux, c'est pas toi qui vas me commander !

Quand tu pleures, c'est de la pisse qui remonte, c'est ce qu'on lui dit quand il pleure…

Il dit que la musique attendrit la viande.
— Et c'est vrai ?
— Je sais pas… en tout cas il a de la musique dans sa boucherie et la viande est tendre !

Un beau bout de viande, c'est une peinture !

La boucherie est un beau métier par rapport à la charcuterie qui est un sous-ordre dans l'évolution des hommes… t'as toujours eu des bouchers depuis l'homme des cavernes ! Et des charcutiers ? Y sont apparus à la dernière guerre, avec le marché noir !

Bon… moi je vais faire mon petit marché…

J'ai le droit de boire qu'en mangeant… On va bouffer ?

Je sais pas c'qu'ils mettent dans leur vin, mais qu'est-ce qu'on était bourrés !

J'ai trop bouffé.

— Moi c'est pareil, sauf que c'est du trop bu que j'ai.

T'as pas vu une soucoupe ?

— Volante ?

— Mais non pas volante, pour les cacahuètes, qu'il est con, celui-là ! Volante…

J'aime pas danser pendant la musique, moi pendant la musique, je bois une bière…

Les génies ont la cervelle deux fois plus grosse que la normale, si t'en manges, tu peux pas tout finir.

Ils ont les cheveux plantés dedans tellement y en a…

… Si je devais amener qu'UN disque de Mozart, un seul, sur une île déserte, je prendrais la *5e Symphonie* de Beethoven.

Si tu les nourris et que tu les habilles, les spermatozoïdes grandissent et tu peux les avoir chez toi.

Quand ça passe par la mère, c'est un plus, c'est tout.

Ne me fais pas dire ce que j'ai pas dit.

Vous avez entendu la nouvelle que Montand est mort ?!

— Pas bien, j'étais dans le camion, alors ?

— Alors il est mort.

Chez les morts, c'est Coluche que je préfère.

Si je devais bouffer avec un mort par exemple…

Maintenant qu'il est mort, tout le monde va dire qu'il est bien ! Au fond c'est comme pour le cochon, dès qu'il est tué on dit qu'il est bon !

Pourquoi on les empaille pas, les grandes vedettes qui meurent ?

Maintenant qu'il est mort, il est à égalité avec nous qu'on est vivants, il a pas de sous !

🍷

Elle était belle, la mariée ?
— Comme un cul.

Sur les chutes du Niagara, t'as jamais le drapeau vert.

Dans quel pays il habite ?
— Le Togo.
— C'est pas un pays, ça, le Togo !
— Ben si ! Qu'est-ce que tu veux que ce soit ?!
— Un haricot.
— Le Togo ?!
— Un haricot.

Avant, on pouvait boire l'eau de la Seine, monsieur ! Eh bien ça nous empêchait pas de boire du pinard !

Je te préviens, si t'es bourré je te sers pas !
— Je suis pas bourré du tout... du tout... du tout pas du tout...
— Dehors !... Y boit ailleurs, y vient puer ici...

La télé, c'est fini.

« Chaise » est dans le dictionnaire, comme si on savait pas ce que c'est !

La moitié du dico c'est des mots qu'on connaît, alors que plein de mots inconnus n'y sont pas !

Qu'est-ce qu'y dit, lui ?

Mais oui, bien sûr !

L'intégration des immigrés, d'accord, mais bon, moi je dis non.

Je n'ai aucune faiblesse ! Ah si ! Une ! Les cerises à l'eau-de-vie ! Mais c'est tout.

Il est tombé dans l'escalier hier soir, il s'est relevé ce matin et il est parti au boulot.
— C'est un surhomme, ce mec.

Il s'est fait piquer les oreilles pour arrêter de fumer, du coup elles sont infectées…
— Il a jamais eu de bol.

Le plus important c'est de pas se prendre au sérieux.

— C'est même « basique » comme comportement de survie.

Leur sommet de Mastrach, là, ou je sais pas quoi, Mastruch machin, là, eh ben c'est encore nous qu'on va payer la bouffe !
— Foie gras, caviar !
— Pâté !

Tout ce qui est français est nul, tiens, regarde les Antillais ! C'est français !

Y a pas de faux chômeurs en France, c'est plutôt les vrais travailleurs qui manquent…

Moi ça me fait un peu peur, leur Europe des seize, là…

Avec l'Europe, on court à notre perte.
— …?
— Pourquoi tu me regardes comme ça ?!
— Non, non, tu parles bien c'est tout.

La monnaie unique c'est pour 1999, l'écu, mais ça sera que pour les grosses transactions, au bistrot, on continuera avec les anciennes pièces…
Autrement ça serait trop le bordel, tu parles…

Y a deux choses qui différencient l'homme de l'animal, un c'est la rigolade, et deux c'est le slip !

Le bonze, tu l'arroses d'essence, t'y mets le feu, y dit merci le bonze.

Il pleut depuis cinq minutes, elles marchent déjà plus à cause de l'humidité, les allumettes ! Les objets c'est comme les gens, ils exagèrent tout de suite.

Au Millionnaire tu deviens millionnaire en un tour de roue.

— Ça vaut pas le Milliardaire.

J'ai perdu ma femme le jour où on a marché sur la Lune, avec un peu de bol elle était dans la fusée…

J'ai rencontré ma femme au bal, elle avait mis du parfum, elle sentait bon comme… je sais pas moi… du cologne.

Les rousses sentent fort à cause de la glande du roux qu'elles ont, on ne sait pas où…

T'as un numéro, tu votes et y a un tirage au sort, tu gagnes cent briques, là je te jure : moi je vote !

Vous l'avez vu, le débat hier soir à la télé ? Tous les partis étaient là, le PS, le PC, l'EDF, le RPR…

Ah moi, la politique, je la suis tous les jours, et les jours où y en a pas, je suis bien triste, ah oui, bien bien…

On s'est battus pour avoir le droit de vote, alors moi je vote !

— Tu t'es battu, toi ?!

— Non, mais les ouvriers se sont battus pour ça.

— T'es ouvrier, toi ?

— Non, mais…

— Y a pas de mais ! Les ouvriers se battent pour voter et toi tu bosses dans les bureaux et tu vas voter ! Les employés de bureaux se sont pas battus pour le droit de vote, à ce qu'on sache !

— C'est pas sûr.

— Tu sais ce que t'es ? T'es un voleur de droit de vote !

Non mais une femme moi je ne dis pas qu'elle doit pas être ministre, je dis même le contraire, une femme, faut qu'elle soit ministre et même Premier ministre après tout pourquoi pas, mais faut qu'elle ait envie, t'imagines, tu la fous Premier ministre alors qu'elle veut pas, eh ben c'est presque aussi pire que si tu lui fais faire la vaisselle alors qu'elle a pas envie, c'est forcer qui est pas bien, le forcing, sinon, si elle veut être Premier ministre c'est bien, et si elle veut faire la vaisselle aussi, faut pas qu'elle se gêne…
— Tu nous fait chier, Marcel…
— Bon, je dis plus rien.

Pourquoi y donnent pas des cadeaux ? Tu votes, t'as un cadeau, ou au moins un repas comme quand tu donnes ton sang…

Est-ce que dans la nature y a du vote ? Non, y en a pas du vote, et chez les cormorans ça va…

Tout ce que font les hommes politiques c'est des petites phrases, même pas foutus de faire des grandes phrases !

Un kir !
— Tu vois, toi aussi t'en fais, des petites phrases.

À qui tu veux faire croire ça ?

— À personne, moi j'y crois, c'est le principal, on a sept vies et les femmes huit.

— Sept vies pour l'homme, admettons, mais huit pour la femme, à qui tu veux faire croire ça ?

— À personne, je te dis, c'est comme ça.

— Et pourquoi pas dix vies pour la femme, aussi ? Salopes !

— Il va rentrer chez lui et foutre une rouste à sa femme parce qu'elle a huit vies, tu vas voir…

Ils sont en train de virer toutes les putes du bois de Boulogne, ça va devenir un bois normal, sans putes, avec que des arbres en bois.

… les putes, moi je leur donnerais des médailles… si… je le ferais… je me dégonflerais pas…

On est tous égaux entre nous, tu parles que je m'en fous, c'est égaux avec le pape que je veux moi, égaux avec Bébert, franchement… sans vouloir être méchant…

Autour de la trace de la soucoupe, faut chercher derrière les arbres, forcément tu trouves une merde de Martien, et du coup c'est la preuve.

Le rap, c'est de la musique pour foutre sur les nouilles, ça !

Il est rusé comme une merde, celui-là…

Le corail recouvre les épaves coulées, à la campagne c'est les poules qui habitent dans les vieilles voitures…

C'est bien, Venise, pour un voyage de noces, en même temps tu peux aller à la pêche.

Dans tous les votes il y a une part de hasard.
— Du genre ?
— Du genre la voiture en panne et tu votes pas.

Cresson virée…
— Encore ?
— Comment ça encore ?
— Je croyais qu'elle avait déjà été virée hier.
— Ah bon… possible…

Elle a dû se planquer comme un lombric…

C'est des gens en bois.

Elle est virée et elle rentre dans son immeuble comme ça, comme si de rien…
— Moi si j'étais viré de mon boulot, même la concierge trouverait que j'ai mauvaise mine…

Si elle avait eu des beaux enfants, elle aurait pas eu envie d'être Premier ministre, cette femme, elle a eu des tarés alors ça se comprend…
— Moi mon fils il est con, et je suis pas ministre.

Elle serait enceinte de Mitterrand, c'est pour ça qu'il l'a gardée comme Premier ministre…
— Oui, eh ben c'est pas une raison.

Pourquoi pas faire garder les gosses par des abeilles ? Elles en gardent quand elles sont dans les ruches.
— Par qui ?

À la table d'à côté y avait des Allemands qui regardaient le plateau de fromages en grimaçant, après ce qu'ils ont fait aux Juifs pendant la guerre, c'est culotté de faire les dégoûtés !

Tu réponds par vrai ou faux… d'accord ?
— D'accord, vas-y, gars…
— T'écoutes bien.
— Hein ?
— Bon, on y va… Est-ce que t'es bourré ?
— … hi… qu'il est con lui… hi…
— Non, non, sérieux… Est-ce que t'es bourré ?

— Redis la question… Non, non, non, attends… Faux !

— Perdu.

— C'est pas la peine que les mecs de la télé fassent des jeux, voilà les jeux à la con qui font marrer ces cons-là !

L'espace c'est du vide, si tu mets des betteraves dans l'espace c'est des betteraves sous vide… mais oui… bien sûr…

La rue a un petit air de fête, ce matin…

— Parle français s'il te plaît.

— Un ballon !

Le mot « camarade », c'est sans doute le mot qui a le plus souffert de la politique.

Heureusement qu'y a des chômeurs, puisque de toute façon y a pas assez de boulot pour tout le monde…

Pour faire du vélo tout-terrain, encore faut-il qu'il y ait tous les terrains là où tu fais du vélo.

— Tu penses à tout, toi…

Il en faudrait des kilos, de muguet, pour rendre les cons heureux.

Là-bas, c'est le narco-dollar, ici c'est le Ricard-franc.

À l'usine, plus on est de fous, plus on se fait chier.

Les tout petits oiseaux se posent sur les ondes de radio, ça dérègle, c'est ce qu'on appelle le parasite à plumes.

Et si on était pas apparus sur Terre mais que c'était la Terre qui était apparue sous nous ?
— Ça changerait quoi ?

Cette année on va pas prendre de vacances, alors t'inquiète pas si tu vois pas de cartes postales arriver.

Ils ont une poubelle pour le papier, une poubelle pour le plastique.
— Et le papier plastique ?
— Quoi ?
— Ils le jettent où ?

Je suis né Scorpion mais j'aime pas mon signe, je vais demander asile politique chez les Verseaux.

Je vais me gêner !

… burp…
— Ça se dégage, on dirait…

Un grand vin se boit à la température de la pièce et si t'es dehors, en terrasse, tu te fais pas chier tu prends du rosé.
— Nous c'est ce qu'on fait, même dedans.

Pâques c'est comme le Père Noël, j'y ai jamais cru…

En Italie y a pas eu de président de la république pendant un mois, et alors ça a pas marché plus mal pour autant.
— Oui, mais c'est l'Italie.
— Je sais, je viens de le dire.

En Laponie, c'est un président ou c'est quoi ?
— Chais pas.
— Et ça marche bien aussi !
— Oui, mais c'est en Laponie.

Si Mitterrand il était président en Laponie, ça lui rabattrait un peu son caquet ! Tout le monde s'en foutrait pas mal de Mitterrand, alors qu'ici, il fait son malin ! Il se prend pour le roi des cons, ou quoi ou qu'est-ce ?

Merde alors !
— Ça m'a énervé, ce truc !
— Dis donc, elle est énervante ta mirabelle !

Lang se fait Lavilliers, tu savais pas ?!

Maintenant ils font des régimes pour maigrir où tu manges QUE de la charcuterie, mais à volonté.
— Et ça marche ?
— C'est la charcuterie qui marche, surtout.

Si tu veux maigrir, le mieux encore c'est de faire du sport, mais faut pas aller au café après ! Ou alors t'en bois qu'un mais après du sport, je connais personne qui en boit qu'un.

La soif est plus forte, et même si t'as pas soif c'est plus fort aussi.
— C'est un truc au-dessus.
— Plus fort que l'homme.

Le sang contaminé, là, j'en ferais du boudin et je leur ferais manger !

Une honte ! C'est une honte ! Vendre du sang contaminé pour de l'argent !
— Faut être con pour acheter ça, aussi…

Une maladie chasse l'autre, on guérit la peste on a le sida, on n'aurait pas guéri la peste on n'aurait pas le sida…
— Qui c'est, le con qui a guéri la peste ?

Moi les docteurs c'est pas un procès que je leur ferais, c'est une transfusion directe !

Quelle horreur ce sida, quelle horreur, mais que voulez-vous, on peut tout de même pas forcer les gens à se laver !

En Afrique tout le monde l'a !
— Quand on les voit à la télé, ça a pas l'air de les biler plus que ça…

L'Europe tu parles, t'as vu ce qui se passe en Yougoslavie, t'as vu ce qu'on fait ?!
— Alors là je t'arrête, la Yougoslavie ça nous regarde pas !

Ça sert à rien de laisser la vaisselle pour le lendemain.

— Exactement. C'est ce que je dis à mon mari, c'est pas la nuit qui va la laver.

Dans la mousse au chocolat, je mets du After Eight !

— Mais je vous ai rien demandé, madame !

Quand tu vois les nazis allemands…

— Les nazis c'est toujours allemand…

Les violences racistes… le jour où tu verras de la non-violence raciste, tu m'appelles !

Une troisième guerre mondiale, après tout, pourquoi pas…

Le prix du porte-savon doit être en rapport avec la taille du savon, sinon c'est n'importe quoi ! Tu peux te raccrocher à rien.

Celui qui trouve le trésor nazi, il le rend aux nazis et il a droit à la moitié…

Plus l'Europe sera petite, moins on aura d'emmerdes ! Deux pays riches maxi !

Tu te rends compte que la Yougoslavie est à peine à deux heures d'avion d'ici ?

Un y te font l'Europe, et deux y te mettent Napoléon…

Sans la frontière, comment tu sauras où est la France ?

— Au début, y laisseront les panneaux, je pense…

Vous commencez à me fatiguer avec votre Maastricht là ! À la télé ! À la radio ! Dans le journal !

— Vous êtes contre ?

— Ça regarde personne ce que je suis ! Et surtout pas des Espagnols !

Traité de Rome, traité de Maastricht, pourquoi c'est jamais français un traité, hein ?!

Le débat d'hier avec Mitterrand, c'est du arrangé d'avance !

— Je l'ai pas vu…

— T'as rien raté, un moment il est décoiffé, l'autre moment il est recoiffé.

— Mitterrand ?

— Non, Durand… c'est pas du direct, c'est du enregistré…

— Du enregistré ?

— Oui, donc du arrangé.

— Tu vois tout, toi.

Ils expliquent, ils expliquent et ils expliquent le traité comme si on était des débiles !

— Comme si y avait quelque chose à comprendre…

— Ça c'est vrai !

Moi je trouve c'est bien, l'Europe.

— Toi, Mohammed, on t'a rien demandé !

Moi, si je deviens européen, ça me plaît bien.

— Et t'iras boire ton coup où ?!

— Ici.

— Alors ?

C'est pas parce que tu votes oui qu'y faut boire mon verre !

— Oh pardon !

Ça sera la monnaie unique pour ceux qu'ont de la monnaie, pour les cons comme nous, ça sera la merde unique, comme d'habitude !

— Ça va amener des emplois aussi…

— C'est ça, je vois pas ce que les Portugais peuvent amener comme emplois, on va pas pêcher la morue sur l'avenue, à ce que je sache !

Déjà que juste en France t'as un con sur deux, alors en Europe !

— Faut tout multiplier par douze.

Quel temps de malheur…

C'est les jeunes qui sont pour l'Europe, moi à mon âge, je suis pour le paradis, ça m'intéresse plus voyez-vous.

— Mais non, vous êtes pas vieux…

— Beuh, beuh, je sais ce que je dis.

J'ai pas peur de l'Europe, moi, je suis pas un pédé !

Quand toutes les frontières seront supprimées et que ça fera qu'un seul pays, dis-moi ce que ça va changer l'Europe, à part qu'on pourra aller où on veut n'importe quand, tu parles d'un progrès, on a le droit d'aller en Espagne comme on veut, comme si avant c'était difficile d'aller en Espagne, c'était pareil, mais ce que le gouvernement il ne nous dit pas, c'est que eux, les présidents, ils peuvent changer de pays et diriger le pays qu'ils veulent, tout d'un coup t'as l'espagnol, ou le grec, il arrive et il dirige la France sans même être français, avec la réforme de l'Europe il n'en a pas besoin, des papiers, il prend les impôts des Français, il fait des conférences de presse à Versailles, il invite sa famille dans le Bordelais, et allez donc, tout ça prend des hélicoptères de l'armée française pour aller se promener dans les vignes, on a les meilleurs vins du monde, tu penses bien que les nouveaux présidents de la France vont pas se gêner, et une fois de plus si notre président à nous il va présider un autre pays, qu'est-ce qu'il y gagne, lui, rien, y a que de l'huile d'olive et des maquereaux…

T'es sûr de toi ?

— Moi, je l'ai lu le traité de Maastricht, et plutôt deux fois qu'une… c'est pas à notre avantage.

— Ah bon.

L'écoute pas, il déconne à plein tube.

— Je le sais je te dis, puisque je l'ai lu !

La prison, la prison, bien sûr que c'est triste, la prison, c'est fait pour ça et de toute façon qu'est-ce que vous voulez en faire des gars qui attaquent les banques ou qui volent dans les appartements, et même qui tuent des gens, hein, on en fait quoi, on peut quand même pas les laisser se promener comme ça dans la rue sans rien faire, il faut bien les punir sinon alors c'est la fin de tout, on pourra plus sortir de la maison à cause des tueurs dans les rues et pour finir qui c'est qui sera en prison chez lui, non, non, les gens honnêtes dans les rues et les gangsters dans les prisons, à la limite si vous voulez on fait des grandes fenêtres avec des grands barreaux pour qu'ils voient loin dans la campagne, c'est moins inhumain, déjà que nous en ville on ne voit pas la campagne, c'est gentil que eux ils la voient, avec les paysans qui labourent et les pommes aux arbres, ça change les idées, toute la journée avec le bon air et le blé qui pousse, ils seraient pas plus mal logés que les poules, et les poules n'ont jamais attaqué personne, en plus les poules elles pondent des œufs, et à la fin on les mange, alors que les prisonniers on ne les mange pas, d'ailleurs peut-être que si on les mangeait ça serait plus dissuasif que la prison, les autres ils auraient peur de faire des bêtises en sachant qu'on en a mangé un y a pas longtemps, remarquez moi je dis ça pour les autres, parce que du prisonnier, vous m'en ferez pas manger…

T'as voté ?

— Ça y est.

— Alors ?

— Elle a un cul comme ça !

— Elle était là ?

— Juste devant moi !

— Putain, j'aurais dû m'inscrire moi aussi…

Un whisky.
— On n'a pas les résultats du vote que déjà tu bois pas français, toi !

On veut faire l'Europe, on n'est même pas capable d'aider les Yougoslaves !
— La Yougoslavie c'est pas l'Europe, c'est la porte de l'Europe.
— Oui mais bon…
— On va pas faire la guerre pour une porte !

C'est pas l'économie qui fait bouger la bourse, c'est les prostates, faudrait inventer l'indice prostate.

Si c'est non, je pars aux États-Unis !
— Tu sais même pas où c'est.

On a vécu un moment historique.
— À huit heures, j'étais au lit.

Ça va être la jachère partout, la moitié du bistrot sera plus labourée !

C'est pas les résultats officiels, c'est des sondages, les résultats officiels, on ne les connaîtra jamais.

La France vendait pas de pianos, ça m'étonnerait qu'avec l'Europe ça s'arrange…

De toute façon la France c'est toujours 50/50, tu demandes est-ce que vous voulez gagner au Loto, t'as la moitié de oui et t'as l'autre moitié de cons qui dit non !

Vanessa Paradis, elle mange pas assez cette petite…

C'est la campagne qui a voté non.

— La campagne de toute façon, elle sera toujours à la campagne, on peut pas dire qu'elle sera dans l'Europe…

Rien que le pognon qu'ils ont dépensé pour envoyer le traité à tout le monde, ça aurait sauvé des emplois… ça commence bien, leur histoire, tiens…

J'ai voté oui, c'est oui, pour une fois que j'ai bon à un jeu, y a pas de pognon à gagner…

51,5 % de pour et 48,5 % contre, c'est juste.

— Oui mais ça suffit.

— Pour moi, 48 % de non, ça fait plus que 50 % de oui, c'est facile de dire oui, alors que non c'est pas facile à dire, non ça vaut plus !

Du moment qu'on touche pas à ma rue…

Tu veux mon avis ?

— …

— Au fond, c'est pas nous qu'on décide.

— …

— Référendum ou pas référendum, ça change quoi ?

— …

— Si ça devait arriver, ça arrive.

— …

— C'est au-dessus de nous.

— …

— Tu crois pas ?

— Faut y réfléchir.

Tu bois quelque chose ?

— Non, non, j'ai promis à ma femme qu'on irait au restau.

— Comme ça tu seras débarrassé de l'apéro…

La liberté, la liberté, bien sûr qu'il en faut, de la liberté, mais si c'est pour foutre la merde, c'est pas la peine, la liberté c'est inventé pour faire des choses qui sont bien, par exemple un oiseau tu le mets en cage, il chie partout sur le papier journal et dans les graines, c'est son droit puisqu'il n'est pas en liberté, il est en prison sur le bord de la fenêtre, mais si la cage tu l'ouvres et que l'oiseau s'envole, il est en liberté, et si pendant cette liberté il en profite pour venir chier sur le papier journal et dans les graines, il y a abus de la liberté, la liberté de l'oiseau dans le ciel finit là où le papier à chier il commence, l'homme c'est la même chose à peu de chose près, la liberté de l'homme finit là où commence le journal de l'autre homme, ça c'est un peu la liberté de la presse si tu veux, et aussi la liberté de l'homme elle finit là où les graines de l'autre homme elles commencent, un homme vient me chier dans mon assiette, je le tue…

— … moi, idem.

Il en a entendu parler à la télé alors maintenant il en veut un, un minilapin nain, c'est haut comme ça, ça pèse dix grammes, ça coûte trois cents balles, avec ça tu fais de la miniterrine de pâté nain et rien de plus.

C'est comme les cochons, s'ils en faisaient des petits, petits, petits, on en mangerait pour l'apéro…

Les animaux, c'est pas des jouets, ça se mange…

La vie, la mort, quelle importance…

— C'est pour vous, la monnaie ?

— Oui, c'est pour moi… la vie, la mort, quelle importance…

— Vous avez deux demis ?
— Oui.
— Alors c'est pas pour vous.
— J'ai pas fait attention.
— Quand c'est pour ramasser des billets personne fait attention.
— Bon… viens, on va ailleurs…
— …
— …
— … l'important c'est le présent…

Cite-moi une seule personne honnête en France, une seule !
— L'abbé Pierre.
— Tu le trouves honnête, avec sa Jaguar ?!
— …?

Comme on n'arrive pas à éviter les marées noires, autant penser à faire du pétrole bleu…

Et nous, on nous interdit de fumer…

Il faudrait des pétroliers de deux litres, comme ça si ça s'échoue c'est rien du tout.

De toute façon, l'homme, il est une maladie de la Terre comme nous on a le sida.
— T'as le sida, toi ?

— Non, je parle de l'homme.

— Par contre t'as du pétrole sur la chemise, là…

— …?

— Làààààààààààààààà…

— Où ?

— Lààààààààààààààààààààà…

Des kilomètres de plages superbes, on marche, on marche, on marche des heures sans rencontrer personne, et on revient sans rencontrer personne, ah bien sûr, il faut aimer la solitude…

Il y a des mondes parallèles, mais entre les mondes parallèles, il y a quoi ? Est-ce qu'au moins il y a de l'air ?

Lui c'est le roi de la question, c'est comme ça qu'on l'appelle… il pourrait vivre de ses questions s'il les envoyait à la télé, mais ça ne l'intéresse pas…

Ba-ba-ba ba-ba by-bel ! Ba-ba-ba ba-ba by-bel… c'est toi qu'on aiiiiiiiime…

À force de tout dégueulasser la mer comme ça, on finira par avoir honte que le Soleil se couche dedans !

Dommage que c'est les pingouins qui trinquent, des poules ça ferait moins chier…

Avec les moulins à vent, ça n'arriverait pas.
— Quoi ?
— Qu'ils s'échouent.

Une marée noire aux îles Shetland, c'est comme si le pétrole arrivait directement sur ton pull !

Tout ce pétrole perdu… ça va pas faire baisser le prix du pétrole.

Quand tu pollues une réserve naturelle, les mecs ça les arrange, même les crevettes sont assurées…
— Ah bon ?!

Les pétroliers passent trop près des côtes, avec une loi qui les obligerait à passer loin, loin, loin, ils iraient s'échouer en face sur les côtes des autres, au moins…

J'ai un petit oiseau, c'est mon seul ami qui boit pas trop.

Fermeture du café à neuf heures.

— Tu sais à quoi ça correspond, ces conneries ? Tu rayes Asnières de la carte…

Si c'est pour fermer le café à neuf heures du soir, c'est même pas la peine d'ouvrir !

Tu peux pas faire plus de mal à une ville qui franchement peut être plus agréable à vivre que bien d'autres des villes que je connais, eh bien obliger la fermeture des cafés *avant* neuf heures, je me le réexplique, je dis bien *avant* neuf heures, et en plus *avant* les élections, moi je dirais, tu voudrais te suicider électoralement que tu t'y prendrais pas autrement !
— Ah mais bordel, mais oui, certain !

C'est pas mortel, comme tache, la vinaigrette.

Une vache intelligente, tu peux la louer au cinéma pour jouer la vache, tous les films à la campagne ont besoin de vaches qui connaissent un tant soit peu minimum le boulot.

Tu peins un poisson, tout de suite ça s'écaille.

Il fait semblant de réfléchir, du coup ceux qui bougent passent pour des cons.

J'ai presque travaillé hier, du coup je suis tout juste fatigué à peine…

À choisir entre l'ancien et le moderne, je préfère le moderne, t'as des prises électriques partout.

Conduire un car, c'est un rêve accessible.

La vie on s'en fout, les animaux c'est bien quand ça cuit.

Le pigeon voyage, c'est l'homme qui se promène.

— Des fois le pigeon se promène.

— Pas le pigeon voyageur !

— Tous les pigeons sont voyageurs.

— Certainement pas, t'en as même qui ne sortent pas du nid.

— Connais pas ce pigeon-là.

— C'est un pigeon rare, le pigeon nidifieur.

— Connais pas.

— Oui, eh ben c'est pas une raison pour te vanter, pas connaître c'est pas une victoire.

T'as vu les robes qu'elle met, Simone Veil, c'est des sacs pour faire pipi debout, je m'excuse mais c'est vrai !

Fontainebleau a été complètement planté.
— Construit.
— Planté ! Je sais ce que je dis !
— On plante pas une ville.
— On construit pas une forêt.
— …
— …
— Un partout.

Tu…
— Quoi ?
— Pues !
— Qui ?
— Toi !
— Moi ?
— Toi !
— Moi ?
— Toi !
— Je ?
— Pue !
— Moi ?
— Toi.
— Mais non, c'est lui !
— Moi ?

T'as plus de ciel que de Terre, vu que sur Terre t'as l'eau.

Il est contrôleur en gare.
— Ça roule pas, les gares !

Ça va pas être des élections, ça va être un raz de marétion !

Ça va être un raz de maréheu de la droite.
— Pourquoi maréheu ?
— Y a un « e » à la fin de marée, tu savais pas ?

La politique est morte, tout ce que tu vois là, c'est les petits cons du marigot qui cherchent le magot !

Des élections comme celles-là, c'est même pas la peine d'y aller tellement c'est voté d'avance, on va pas pisser quand les cabinets sont occupés.

C'est le mode de scrutin qui fait chier, tu comprends, et d'abord pourquoi dans les urnes, d'abord ?!

T'as plus *un* seul socialiste, le dernier qui restait, on l'a mangé hier.

Balladur, je le connais pas personnellement, mais il est simple comme homme.

C'est sûr que Mitterrand c'est pas marrant de finir aussi minable, c'est triste, au fond…

C'est une défaite *historique* !
— Pour qui ?
— Pour les socialistes !
— Et ça t'intéresse, ces historiques-là ?!
— Non.
— La victoire ils la partagent pas, tu vas pas partager leur défaite, à ces cons-là, non ?

C'est la fin du socialisme ?! Eh ben c'est toujours mieux que le début !

On n'a jamais vu autant de mecs de droite !
— Ça se voit que tu connais pas mon escalier.

Toute cette droite qui revient, ça fait delirium.

C'est pas du vote, c'est du débroussaillage !

Balladur c'est un œuf dur, mais y a pas le jaune.

J'ai voté à droite, c'est pas gagné que j'ai, c'est razdemarété que j'ai !

La gauche, la droite, ça change quoi ?
— Un kir ?
— Oui, toujours un kir.

Jamais on n'avait vu une défaite socialiste comme celle-là !
— C'est la Zina.
— Berezina.
— Zina.
— Et ça vote, ça !

Leur cohabitation, ça fait un peu « tournez manège »…

Moi je m'en fous…

Le socialisme est mort, et en plus personne veut qu'on l'enterre dans son jardin.

Les socialistes, on va en faire des nains pour mettre dans les jardins.

Une honte, cette prise d'otages ! Une honte ! Des enfants dans une maternelle ! Une honte ! Il y a des prises d'otages dont on se fiche, mais là c'est une honte !

L'institutrice a été formidable !
— Moi, au début, je croyais qu'elle était dans le coup.

Je serais l'institutrice, moi, je demanderais une brique par enfant, c'est quand même moi qui les ai sauvés non ?! Non ? C'est trop ?

Une femme enceinte, c'est comme si elle gardait son enfant en otage…

Les gens sont fous, et à deux pas de chez nous !

Je vais l'inscrire à cette école-là, il a la boucherie dans le sang.

Le RAID, c'est une sorte de police qui boit pas, ou très peu.

Des enfants ! Vous vous rendez compte ! Des enfants ! Des minuscules comme ça ! Vous vous rendez compte ! C'est honteux ! Un homme qui prend des enfants comme ça en otages c'est pas un homme, c'est un animal, c'est une bête ! Et encore les bêtes elles respectent les petits ! Pas toutes, vous me direz…

— J'ai rien dit.

Une institutrice aussi courageuse que celle-là, je me demande bien pourquoi elle perd son temps avec les gosses !

Et pendant que les gosses étaient pris en otages, Mitterrand se promenait !

Véronique Sanson a fait du porno avant de chanter, j'ai une cassette à la maison, d'ailleurs elle a un bracelet autour de la cheville droite, c'est le signe des anciennes putes.

Les femmes mariées les plus polies, on les trouve à Roubaix.

L'image virtuelle, c'est une image d'un monde qui n'existe pas.

— Comme dans les boîtes de Vache qui rit !

Dans l'écriture chinoise, la virgule on dirait un gril pour la viande.

Il a une folie normale, ce qui ne veut pas dire qu'il est normal, non, lui est fou, c'est sa folie qui est normale.

Depuis qu'il a mis des fleurs à son balcon, dans la cité tout le monde l'appelle « l'homme au balcon fleuri ».

— Des fois on va chercher midi à quatorze heures pour un nom, alors qu'en fait…

L'humour ça radote, en ce moment.

— Les humoristes sont trop vieux, à partir de trente ans ça fait plus que des blagues.

Le karaté, c'est d'abord une école de discipline.

— Comme le judo.

— Mais non ! Le judo faut de la souplesse, c'est tout.

Il est que ça, comme heure ?!

On a beau en acheter, du dentifrice, y a toujours un matin où y en a plus.

À peine il est réveillé qu'il allume la télé, y peut pas s'en empêcher, un jour c'est la télé qui l'allumera.

Mon meilleur pour moi c'est Higelin, mais le Higelin d'avant les concessions au Top.

Ionesco, c'est une sorte d'absurde à l'envers.

— C'est souvent comme ça.

— …

— …

La dernière année…

— …

— Y te prennent que la dernière année, les impôts.
— Tiens, tu nous remets ça.

Je suis un adorateur du radis.

La dernière année…
— …
— La dernière année…
— Oui eh ben ?
— La dernière année…
— Quoi ?
— Là y prennent pas.
— Quoi ?
— La dernière année y prennent pas.
— …
— C'est comme ça.
— …
— La dernière année…
— Tiens, tu nous remets ça.

On aurait moins de violence à la télé, peut-être qu'on en aurait moins dans les rues, peut-être même qu'on en aurait plus nulle part, c'est vrai aussi, à force de voir du sang, du sang, du sang, tout le monde devient fou.

— Hier c'était « Histoires d'en rire ».

— Je l'ai vu, eh bien dans les escaliers, ce matin, les gosses ils en racontaient.

Pourquoi t'écris pas à une agence, pour avoir une femme ?

— C'est des arnaques, on t'envoie des photos de belles et si t'es d'accord, manque de pot il en reste plus et on t'envoie une moche, non merci.

— Alors t'as qu'à draguer !

— Où ?

— Dans la rue.

— Quelle rue ?

— Je sais pas… là, devant.

— Là-devant ?

— Pas juste devant, quand même, un peu plus loin.

— Au bout de la rue ?

— Pourquoi pas.

— Au bout, y a pas de femmes.

— Le jour du marché.

— Le jour du marché, au bout, c'est un camion.

— J'ai pas de conseil à te donner, mais à ta place j'écrirais à une agence.

Quand les pluies sont diluviennes, c'est comme des pluies préhistoriques, les gouttes ont des dents, elles bouffent tout.

Il a le rhume des foins.

— Et alors ? Il a qu'à planter de la betterave !

Tapie est encore chez le juge.

— Jamais il travaille ?! Et comment il vit, celui-là ?!

— À mon avis, c'est pour ça qu'il est tout le temps chez le juge.

Balladur, c'est sûr, ça peut faire un bon président, mais pas en 2000, en 1900.

Si le pilote est très fort, l'hélicoptère peut se poser sur une branche d'arbre.

Maintenant c'est recta, le moindre orage et c'est l'inondation, c'est à croire si les gens ouvrent pas les robinets pour se faire indemniser.

— Mais non ! Qu'est-ce que tu vas chercher là ?

Le mur de Berlin, ils ont pas arraché les racines, tu verras qu'il repoussera...

Tu gagnes plus de temps à prendre le TGV que l'avion, le temps que l'avion monte, après il descend, toi t'es déjà chez toi au lit.

Piaf, c'est la plus grande, en plus elle a pas été incinérée, elle reviendra.

L'Europe, elle sera footballistique ou elle sera pas.

C'est la justice à deux vitesses. Des fois en prison ça passe vite, et des fois ça passe lentement, c'est ça la justice à deux vitesses.

Avant je tapais sur ma femme, maintenant je touille mon café pendant une heure.
— Faudrait pas vieillir.

Et pourquoi les mines c'est dans le Nord ?
— Essaie de creuser à Cannes, tu vas voir comment tu vas être reçu !

À cette époque les enfants travaillaient, maintenant, même les parents travaillent plus…

La mine, c'est du mètre carré en profondeur, ça vaut rien, celui qui compte c'est le mètre carré en largeur, pour poser le buffet.

Si on n'a plus besoin de charbon, alors je me demande de quoi on a besoin ?!

Ils font un film et on se met à parler des mineurs, au fond, c'est mieux qu'un disque.

C'étaient des métiers d'hommes, avec la solidarité ouvrière, à l'époque si tu aurais gagné au Loto tu l'aurais partagé.

— …?
— T'as raison, tu aurais fermé ta gueule.

L'ouvrier c'était une condition, et voilà ce que c'est devenu, du condiment !

Avec tous les accidents dans la mine, c'était aussi dangereux que quand tu pars en week-end aujourd'hui.

Le mineur, c'est quelqu'un qui va travailler dedans la Terre, c'est pas comme ces enculés de milliardaires de footballeurs qui courent dessus comme des morbacs !

La mine, sur la Lune, les gars on les appellerait les gueules blanches, surtout à la pleine Lune…

Zola, son charbon à lui c'est l'encre, qu'il en avait du noir plein les doigts, si, c'est ça !

J'ai le temps de vous raconter une petite histoire ?
— On a toute la journée.

La rue Cyrano-de-Bergerac, c'est con, elle est toute courte, alors que y a des gens que ça ferait plaisir d'habiter rue Cyrano-de-Bergerac, alors que tu vois la rue Auguste-Blanqui, elle est toute longue, elle va jusque de l'autre côté de la porte jusqu'en banlieue, et c'est pas un rêve d'habiter rue Auguste-Blanqui, au 104 par exemple, pff, 104 rue Auguste-Blanqui, alors que au 3 rue Cyrano-de-Bergerac c'est bien, et en plus ça peut pas être trop cher, dans une rue avec un joli nom comme ça, vous habitez où ? 3 rue Cyrano-de-Bergerac, je passerais la journée à dire où j'habite, c'est sûr.

Vingt mille morts en dix secondes, ça fait deux mille morts à la seconde…

— Et zéro en zéro seconde, comme partout.

— Hein ?

Je sais pas qui c'est qui leur file les permis de construire, en Inde, mais dis donc !

Quarante mille morts !

— Combien ?

— Quarante mille !

— Tant que ça ?

Quand t'es mort, le temps continue à passer, mais pas pour toi, ce qui dans un sens est un avantage, pourquoi je suis essoufflé comme ça, moi ?

Tout le temps, à la pêche, je pense à autre chose.

— T'inquiète pas, le poisson fait pareil.

Les Chinois ont fait péter une bombe atomique.

— Ils nous ont bien eus, les enfoirés, à toujours faire croire qu'ils ont que des vélos.

L'atome, t'en as même dans les chaises.

Les Russes c'est fini, maintenant c'est les Chinois.

— Face aux Américains ?

— Ben oui, face aux Américains t'avais les Russes, avant, maintenant t'auras les Chinois.

— Les Chinois seront jamais en face des Américains, c'est un peuple qui fait le tour.

Ah, la, la, les temps changent…

— Heureusement, parce que tout le temps le même temps…

Si les Chinois font des essais nucléaires, alors moi aussi je vais en faire, y a pas de raison, tout le monde en fait !

— T'as même pas de jardin.

L'atome militaire, non, mais l'atome civil, oui.

— Quand tu vois les conneries que les militaires font quand ils sortent en civil, tu dis non deux fois !

J'aime pas les alcooliques.
— Ça tombe bien, y en a pas ici.

Tout le fric que les Américains vont se faire avec les dinosaures alors que les éleveurs français vendent même pas leur lait !

Le tiers-monde plus le quart-monde ça fait presque la moitié du monde qui est pauvre, et l'autre moitié riche, les chiffres qu'on nous a dits sont pas les bons chiffres, alors forcément…

Tu as une masse d'air qui arrive du pôle, elle rencontre de l'air tropical, pendant tout ce temps les pompiers ont le temps de te faire évacuer le parking, tout de même, non ?

Ça serait bien, si on pouvait retrouver notre café préféré en vidéo.
— Ça viendra.

En tendant des cordes vocales sur un violon et en passant l'archet dessus, ça devrait dire des mots.

La patte de lapin ça porte bonheur, mais pas au lapin.

Ça va ? dis donc, tu es bien habillé.

— Commence pas ton offensive de charme pour te faire payer un coup.

— Non, non, c'est vrai, la veste elle est belle.

— Bon… qu'est-ce que tu bois ?

Un nain c'est pas normal, mais il est pas anormal, le mongolien est anormal, le pas normal anormal, ça serait un mongolien nain, mais pour ainsi dire on n'en trouve pas.

C'est une pute, une pute, belle comme une peinture ! Elle enlève ses fringues, c'est comme si on enlève le cadre, elle tient plus contre le mur, alors on la couche, c'est une pute… oui, je sais, c'est dangereux d'être amoureux d'une pute.

Au dispensaire, ils m'ont dit de plus aller au café.

— Mais au dispensaire c'est des charlatans !

Combien ?

— La semaine de trente-deux heures.

— Tant que ça !?

Le préservatif à un franc c'est bien, mais si tu as qu'un billet de cent francs tu te retrouves avec quatre-vingt-dix-neuf francs de monnaie par-dessus le préservatif que tu mets dans ta poche, à mon avis avec toute la ferraille dessus ton préservatif il est tout crabouillé.

Ah non, le monde ne tourne pas droit.

Tout ce que les journaux disent, c'est du faux.
— Ah non, mais là le sida du pape c'est pas les journaux, c'est le pompier qui vient ici.
— Et comment il sait ça, ton pompier ?
— Ça… c'est peut-être son capitaine.
— …
— …
— …
— T'as pas de capitaine de pompiers dans les journaux.

C'est quand on commence à être intelligent qu'on devient con par la même occase.

C'est magique, les poireaux, on les met dans la voiture, cinq minutes après la voiture sent le poireau.

Pot-au-feu à l'Élysée, hop, c'est Mitterrand qu'a l'os à moelle, vous voulez parier ? Non, y en a pas un par personne ! Non justement ! Pour bien montrer !

Si le pape a le sida, alors moi, je suis Napoléon.

Un franc c'est quoi, de nos jours ?
— Un préservatif.

Ils disent que l'alcoolisme c'est une maladie, mais c'est pour nous rabaisser.

Tu feras pas manger de la tête de veau à un gosse.
— Et pourtant c'est bon, la tête de veau.

À une heure ils mangent.
— Et alors ?! C'est humain de manger à une heure, le dimanche !

La journée du sida, moi je sors pas…

Le préservatif à un franc, ça va nous faire la pute à deux cents et un franc.

Il a un cancer de la tête et il vient me faire la morale !?

En peinture, tout est permis.
— Sauf de mettre du qui sèche pas.
— Oui mais enfin bon, ça c'est technique.

Je rêve ou quoi ?!

— Non, c'est bien moi.

— T'as plus ta moustache ?

— Plus.

— Putain, je rêve ou quoi ?!

— Tu rêves pas.

— Et ta moustache ?!

— Rasée.

— Putain…

— …

— Alors là…

— Même je me suis écorché un petit bouton en dessous.

— C'est rien.

— De toute façon je vais la laisser repousser, on le verra plus.

— …

— …

— Putain…

Avec un franc, tu pouvais avoir cinq malabars.

« Vu à la télé, la calvitie enfin vaincue. »

— C'est des pubs bidons, à la télé, ils perdent tous leurs cheveux.

Paris ne serait pas Paris si c'était une autre ville.

— Hein ?

— Paris ne serait pas Paris si c'était une autre ville.

— Hein ?

Les jours se ressemblent depuis qu'ils ont fini les travaux de la rue.

— Moi ça me manque pas, tout leur barouf.

— Ça se ressemble, ces jours sans travaux.

On s'en fiche, qu'elles mettent des foulards islamiques pour aller à l'école, du moment qu'on met des rideaux aux fenêtres de la classe et que ça se voit pas de la rue, c'est une solution qui arrange tout le monde, ça, non ?

Sans son impunité parlementaire, Tapie, il est comme nous.

— Ah non ! Nous on est honnêtes !

Tapie, moi je dis qu'il est pas pire que tous les autres, et si on le fout en prison lui, alors y faut foutre en prison tous les autres, et toi tu dis quoi ?

— Pareil.

Il est en formation continue, mais il y va jamais.

— Si tu vas jamais en formation continue, ça donne les résultats d'une formation normale.

Vitry ou Viry ?
— Arcueil.
— Le garage ?!
— Ah non le garage c'est à Corbeil.
— Essonne ?
— Oui, Essonne, évidemment !
— …
— Bon, on va pas s'énerver pour rien.

Tapie, sans l'immunité, tous les microbes qui passent, ça va être pour lui…

C'est Juppé qui négocie avec les Américains sur le GATT, si un jour on doit discuter d'échanges commerciaux avec les Martiens j'espère que ça sera pas lui, t'as vu sa tronche ?!

Les Chinois mangent les rats parce que les rats mangent leur riz.
— Pff… t'encules pas le voisin parce qu'y couche avec ta femme !
— …
— Pff… deux et deux font quatre… pff…

Je sais ce que je vais lui acheter, un bol à punch.

— T'as du pot d'avoir trouvé parce que moi je sais pas.

Jamais on m'écrit, jamais j'ai du courrier, j'en suis même que je serais contente de recevoir une lettre piégée, tenez…

— Mais non.

— Mais si.

On s'est posé sur la Lune, on est revenu sur Terre, la Lune c'est qu'un perchoir.

Une mornifle, que je vais lui coller ! Une mornifle ! Paf ! Il l'a eue, sa mornifle ! Il l'a eue !

On ne bat pas son enfant comme ça, madame !

— C'est pas le mien.

— …!

J'en fais pas mal, de la coupette de champagne, en ce moment.

— Un Ricard.

J'en fais pas mal, de la coupette de champagne, en ce moment.

— Un demi.

— J'ai pas mal de clients qui m'en demandent.

— Moi c'est un demi.

— Un demi ?

— Un demi.

— Pff… j'ai un con qui m'a fait ouvrir une bouteille et maintenant ça me reste sur les bras.

— Un demi.

— Oui ! On a compris !

J'en fais pas mal, de la coupette de champagne, en ce moment.

— Un kir.

— Bon, je me la boirai.

Un Ailleurs, oui, mais où ?

Faire un enfant à soixante ans ! Mais qu'est-ce qu'elle a fait, cette bonne femme, jusqu'à soixante ans ?!

Il y a personne âgée et personne âgée.

— Je connais une grand-mère qui boit son verre de vin à tous les repas.

— C'est ce que je vous dis, il y a personne âgée et personne âgée, et souvent d'ailleurs la personne la plus âgée n'est pas celle que l'on pense.

— Et elle danse encore la valse si on l'invite.

— La vieillesse c'est dans la tête, il y a des jeunes plus vieux que des personnes dites âgées.

— L'âge ça ne veut rien dire, au fond, c'est dans la tête… par contre des fois elle ne sait plus comment elle s'appelle.

— Vous savez, les jeunes parfois se donnent de ces surnoms !

— Sinon elle se débrouille, elle a la chance d'habiter au premier.

— C'est bien, l'exercice ! Ça garde en forme.

— Le jeune du dessus prend l'ascenseur.

— Mais bien sûr ! Les jeunes sont plus vieux que les vieux de nos jours, parce que avant, il fallait nous voir, quand on était jeunes ! La jeunesse a changé…

— Elle a vieilli.

— Vous les avez vus, les jeunes de maintenant ? Ils font des enfants à soixante ans !

Si ça continue, les embryons tu les trouveras chez Findus.

Hors de question qu'elle fasse un enfant après soixante ans, et si elle veut quand même, je lui fous les ovules à l'évier.

Bientôt on prendra les ovules sur un fœtus pas né et on les mettra à chauffer dans une vieille morte, jouons pas avec le feu !

Le mieux c'est quand on a un enfant normalement, qu'il va à l'école normalement, qu'il trouve un travail normalement, qu'il a sa retraite normalement, qu'il vieillit normalement, et qu'il meurt normalement ; évidemment, tous ces trucs normaux, de nos jours ça fait pas normal.

Jacques Martin, à cinquante-neuf ans, il fait encore un enfant !
— On a dû lui mettre des ovules à quelqu'un d'autre, c'est sûr.

Moi je trouve que c'est bien, de faire un bébé à soixante ans, la maman a le temps de s'en occuper puisqu'elle est à la retraite.

Faut pas dire trop de mal de la génétique, c'est quand même grâce à la génétique qu'on fait des grosses tomates.

Un univers adulte, j'arrive à imaginer, un bébé univers, j'y arrive pas.
— Mais on s'en branle !

Sophie Favier, c'est rien qu'un jambonneau…

… cinq milliards d'années…

… c'est rien qu'un jambonneau…

… les trous noirs…

… j'en voudrais pas dans mes lentilles !

… une météo qui prédirait le temps, mais de tout l'univers entier…

J'y mettrais pas ma bite, ah non, j'y mettrais pas dans ce jambonneau !

… enfin bref…

… enfin bref…

… on n'y peut rien, à ces affaires de galaxies.

… on se les fera jamais, ces salopes.

Comprendo ?
— …
— Comprendo, Manuel ?
— …
— Je te sers pas, Manuel.
— …
— Comprendo ?
— …
— Y fait exprès.
— …

— Tu paies ce que tu dois ou alors va boire ailleurs.

— …

— Comprendo ?

— …

— Quelle patience y faut, des fois… non, Manuel !

— …

— Et fais pas tes yeux de chien battu…

— …

— Bon, une bière mais c'est tout, Manuel, comprendo ?

— Après Manuel y s'en va.

— Tu vois que tu comprends, quand tu veux…

🍷

Les tests ont prouvé qu'après deux semaines toutes les rides ont disparu, là, au bord des yeux, autour de la bouche, là aussi, et en dessous, le cou, juste avec un peu de crème, pas la peine du tout d'en mettre beaucoup, une noix sur le bout du doigt, faut masser pour bien faire rentrer, c'est pas gras, on sent rien, ça brille pas, on le fait le matin en se levant, le soir en se couchant, juste avant, comme ça la crème agit pendant la nuit, elle tend la peau pendant que vous dormez, ça tire ici, ça tire là, la peau reprend sa place, elle est lisse, vous vous réveillez avec une peau rajeunie, et ça si vous le faites tous les jours, en un mois vous avez dix ans de moins, mais il faut que votre mari arrête de vous taper aussi… vous comprenez ? Vous comprenez ça ? Maryse ? Vous comprenez ce que je vous dis ? Vous comprenez ? Il faut qu'il arrête de vous frapper, moi je veux bien vous expliquer pour la crème, mais la prochaine fois prévenez la police, parce que ça ne sert à rien d'utiliser ces produits qui sont quand même chers, si, si, c'est cher, c'est efficace mais c'est cher, si si, je vous dis que c'est cher, pour vous c'est cher, mais il faut vraiment que les bagarres ça cesse, vous savez, ça peut finir mal un jour, alors la prochaine fois, vous téléphonez à la police, promis ? Promis ? Vous comprenez ce que je dis ? Vous m'écoutez, au moins ? Vous entendez ce que je vous dis ? Et là, c'est un stick qu'il faut mettre en haut du réfrigérateur, le liquide dedans va geler, et vous vous passez le stick sur le visage, autant que vous en avez envie, ça raffermit les tissus, ça nettoie les pores, c'est de la cryo-esthétique, c'est très efficace, et très agréable, ça détend, on se sent bien, mais bien, et ça c'est pareil, c'est cher, alors si vous recevez des coups, c'est pas la peine d'en acheter, oui ? Oui ? Oui ? Bon, je vais vous écrire le numéro de la police sur le carton des produits, ça ira plus vite…

J'ai été envoûtée !

— Mais non, mais non…
— Touchez comme j'ai les mains froides !
— Elles sont chaudes.
— Ah oui mais là, je les avais dans les poches.

Tout mais pas ça, un bègue sur le chantier !

Si tu plantes des arbres en banlieue, les feuilles se droguent…

L'anglais, faut pas que ça défigurise la langue française non plus.
— Et souvent ça arrive, pressing.
— Promenade.
— Smoking.
— Sac à dos.

… On est comme les globules dans le sang, et dans le sang, toutes les globules ne travaillent pas, il y en a qui flottent et c'est tout…

La journée de la femme, ça fait déjà plus que la demi-journée de la jeune fille.

Ils sont déjà bourrés, les mariés, quand ils arrivent à la mairie de Moscou.

Je suis parti avec rien dans le ventre, ce matin…

Le camembert, on est sûr que c'est naturel.

C'est bon, le cheval, ça fait marcher vite.

Ma petite Julie, elle est gentille, elle est jolie, mais faut pas la bousculer ; t'as vu le morceau qu'c'est, en plus ?!

L'Italie aime bien l'armée, rien qu'à voir la forme de la botte.

Coin coin !
— Je suis pas d'humeur à ça.

Je lui ai gagné sa confiance, alors depuis c'est « tu me gardes le café, je vais aux courses », « tu me gardes le comptoir, je suis à la cave », alors je tape dans la caisse.
— Oh !
— Dites donc, la confiance, ça se paye !

J'ai été suivie par un chat jusqu'à chez moi, j'avais de la viande dans mon sac, jusqu'à ma porte.
— Les chats deviennent aussi fous que les hommes !
— Je me suis enfermée.

Les délateurs feraient mieux de s'occuper de leurs affaires que de celles de la secrétaire de mairie !

Je lui interdis de regarder la télé, avec ce beau temps…
— Les gosses sont mieux dehors.

Il est habillé presque comme dans le feuilleton, avec sa casquette et ses bottes en caoutchouc.

Michel Drucker, c'est l'homme dont nous rêvons toutes.

Je préfère la météo sur la Deux que sur TF1, sur la Deux ils mettent moins de pluie.

Tous ces morts dans la télé, pourquoi qu'ils sont pas marqués dans le programme ?

Assis en terrasse ?
— Oui.
— Pour boire ma bière ?
— Oui, si vous voulez.
— Dehors ?
— Oui.
— Pourquoi, j'ai pas fait le con !

Il ne sort plus de chez lui, il est paralysé, mais quand il sort, c'est pas souvent, mais quand il sort de chez lui pour venir ici, il bouge, il est content.

— C'est de la paralysie interne.

Quatre-vingt-dix ans et ça y est, elle radote.

— Quatre-vingt-dix ans c'est normal, remarquez.

— Ça nous arrivera avant, vous avez raison.

— Même BIEN avant !

Le vote des femmes…

— Moi je vote pas !

— Oui, mais vous vous êtes un homme.

— Moi je vote pas !

— Le vote des femmes…

— Ça m'étonne pas !

Ils ont qu'à me demander, à moi, que je vais leur faire respecter les zones de sécurité, moi, aux Serbes, parce que jamais personne ici est passé derrière le comptoir, jamais !

Il faudrait une capote qui change de couleur quand y a du sida dans l'air.

— Comme l'alcootest de la bite ?

— Un peu.

Plus on voit de l'horreur à la télé, plus on s'en fout, la télé c'est pas du tout la panacée pour l'horreur, pour le reste ça va.

À Rome t'as des ruines gallo-romaines un peu partout dans la ville.

Baudis, profil bas je dis, hein, profil bas !

Je l'ai pas vu depuis deux ans, j'ai ses photos à la maison, sa mère elle dit y s'accroche partout, il est bagarreur, c'est mon fils !

Elles sont toutes racistes, les mères.

La meilleure condition de sécurité pour un pilote, c'est pas le payer.

C'est quand même grâce aux Américains qu'on n'est pas allemands aujourd'hui, ou dieu sait quoi d'autre !

Si t'as pas de grâce, c'est pas la peine de danser, y a d'autres métiers, y a pas que la danse tout de même !

L'ordinateur était en panne, alors ils me l'ont fait à l'ancienne, avec un stylo.

Fais-lui dire ça, à ta Adjani, donnez-moi un petit pastis, tu vas voir comment elle te dit ça, comme une patate !

Ça va pas, ta tê-tête ! T'as les neurones esquintés, mon gamin !

Quand vous voyez ce qu'Aznavour a fait de l'Arménie !

— …?

— Des ruines !

— C'est pas le chanteur qui a fait ça !

— Si, en mettant les projecteurs dessus, il n'a fait qu'envenimer les choses, si si si si…

— Ah…

— Si si si si.

— Vous êtes arménien ?

— Non, mais j'ai tous les disques d'Aznavour par contre.

Le rhum dans le baba c'est la cerise sur le gâteau.

Le pou, il est pas plus parasite que le cheveu lui-même.

Le chat du restaurant d'à côté vient chez nous parce que nos souris sont meilleures.

Tiens… la vie aussi, c'est un produit, si tu vas par là.

… de la condensation dans le nuage.
— Tu vas pas tout expliquer comme ça toute la journée j'espère.

Vous êtes tellement belle.
— C'est gentil.
— Du coup j'ai la gaule.
— …

Comment vous dites quand vous parlez des ennuis ?
— Des soucis.
— C'est ça… pas trop graves, j'espère.
— Normaux.

Normalement je m'en fous, mais quand j'ai picolé j'aime bien regarder du sport.

Fatiguée comme si j'avais pas dormi.

Tous mes amis sont devenus des vieux.
— Ah non, pas moi !
— Vous ?
— …

— Vous êtes pas mon ami.

— …

J'emprunte de l'argent, je rembourse pas.

— C'est sympa de me dire ça !

— Mais non, mais non, toi, je te rembourserai.

Je suis un homme, mais si j'étais une femme je montrerais mes nichons.

Maintenant Mozart c'est de la merde, mais à son époque…

C'est du Chopin, et après il dit laissez un message, merci.

— Me fais pas croire que tu connais Chopin et que tu reconnais du Chopin, même si c'est dans le téléphone.

L'inspecteur Derrick, il ne sort jamais son pistolet.

C'est dommage que Le Pen soit d'extrême droite, parce qu'il a de bonnes idées.

L'insecte voit pas comme nous.

— Bien sûr, il est par Terre.

— …?

Du pinard dans l'amphore, il en faut du muscle pour servir.
— C'est les gladiateurs qui servaient.

Moi, dans les filles qui veulent, je mets ma bite.

Continue à me faire chier, je te fais embrasser le comptoir…

Quand j'ai commencé à Europe 1, l'Athénien existait même pas, j'ai fait l'inauguration.

Personne peut arrêter un gars d'EDF qui va au bistrot, personne !

Elle a des écailles, c'est la femme poisson.
— T'y crois, à ces conneries ?!
— Elle a des écailles.
— Et alors, t'es tout rouge et t'es pas l'homme tomate !

Ça commence à partir du directeur du caissier et ça arrête pas ! Tu crois qu'une caissière à Carrefour elle pique dans la caisse, tu crois ça ? Le directeur de Carrefour peut-être, mais pas la caissière…

Ils font tous comme Tapie, et ils finiront tous comme lui, avec les meubles sur le trottoir.

Même Mitterrand.

— Non, lui, c'est une erreur de jeunesse, il l'a dit Laurent Cabrol de la télé.

Souvent, le seul qui pique pas dans la caisse, c'est le caissier.

Dubrac, tu connais, c'est un directeur ?

— Je connais pas tous les directeurs non plus.

Les ministres de maintenant, à l'époque des nazis, ils auraient été beaux, tiens, à magouiller dans le marché noir !

Longuet qui pique dans la caisse, ça en fait que un de plus.

— T'es ministre, tu piques dans la caisse, c'est comme ça, c'est comme ça.

— Même le pape il en pique à la quête, si ça se trouve.

— Mais non ! Pas lui !

— C'est un ministre aussi, du culte, mais un ministre.

— Pas le pape, ça correspond à président, d'ailleurs c'est pour ça qu'il est malade en ce moment.

La Tunisie, c'est calme à cause du tempérament calme du Tunisien, qui serait, si vous voulez, une espèce de Suisse arabe.

Si en plus, Hitler, il avait été un fanatique musulman, en plus, alors là…

Le foulard, d'accord, mais islamique, non.
— C'est comme un chapeau qui serait islamique.
— Pareil.
— C'est non.

Quand on porte une croix, c'est pareil.
— Ah non, une croix, on la porte pas sur la tête.

Les fanatiques, il faudrait toujours les surveiller du coin de l'œil…

En Algérie ils égorgent les intellectuels, les journalistes, les chanteurs, ils mettent le feu aux écoles, c'est des fous !
— Et on vient de construire une mosquée à Lyon ! À Lyon !
— Ils auraient mieux fait d'élargir le tunnel de Fourvière, vous verrez quand on en aura aussi des gens égorgés chez nous ! On le regrettera, le tunnel, mais ça sera un peu trop tard !

— Le tunnel sous la Manche, quoi qu'on en pense, c'est pas une Mosquée.

— Une Mosquée de cette longueur-là…

— Sous la Manche.

— Une Mosquée de la France à l'Angleterre, vous imaginez !

— …?!

— Je plaisante.

— Ah…

— Je plaisante tout le temps.

On est mal orienté, le Soleil va toujours sur l'immeuble d'en face, on dirait qu'ils habitent des bungalows tellement ils ont le Soleil chez eux, ces enculés !

Dans le feuilleton il est immortel, tu verrais comment sa femme elle l'engueule !

Ma femme, je ne sais pas où elle travaille et je ne veux pas le savoir !

Je buvais un café, je lève les yeux, je vois écrit Chablis, j'ai pris un chablis, c'est du hasard.

Dans la came on pense à rien, on est dans sa défonce, alors que le vin si tu veux, par exemple, on en boit, on pense à… du bon pâté qui va avec… c'est pas terrible, mais c'est mieux que dans la drogue, t'es un zombie, tu en as même plus envie du bon pâté, même plus…

Le comble de l'horreur… comme si l'horreur elle a un comble…

Elle cire l'escalier chaque fois qu'elle tombe un œil, la nouvelle !

— Vous m'avez dit que vous aviez l'ascenseur.

— Oui, ça aussi, c'est pas demain qu'elle va cirer l'ascenseur.

Je crois pas que t'es plus beau parce que tu picoles, je crois pas.

— Dès que j'arrête de picoler, j'ai des boutons, quand je repicole ils s'en vont.

— Alors ça, j'ai jamais vu ça.

Faut voir la gamine aussi, à quatorze ans elle fait seize, c'est certainement pas une sainte, c'est le père y paraît la veille il a tué son chat, elle est rentrée, elle a pris le fusil et elle a tiré dessus, les jeunes d'aujourd'hui par rapport à nous ça a rien à voir, et à la télé attention, les films de cow-boys, la drogue, les meurtres et tout le sang, nous on n'avait que le cinéma, c'était de telle heure à telle heure, ça durait pas toute la journée, moi quand j'allais au cinéma avec des copains, mon père y me disait, si t'es pas rentré à minuit, je ferme la porte à clef, tu couches dehors, eh ben dès la fin du film je rentrais, mais la gamine à quatorze ans elle va en boîte de nuit jusqu'à cinq heures du matin, et si ça se trouve elle était avec des voyous, et ils lui disent, ton père te fait chier, tue-le, elle rentre, elle prend le fusil et elle le tue, vous avez vu comme elle est, elle fait seize ans, moi de l'âge de quatorze ans à vingt-neuf ans j'ai donné toute ma paye à ma mère, c'est pas des conneries, de quatorze ans à vingt-neuf ans, toute ma paye, et mon père y surveillait, un jour j'ai fait une ponction, j'ai pris la calotte, c'était dur à l'époque, l'éducation, trop dur, mais je me plains pas, je suis pas devenu un voyou pour autant, maintenant les gosses on les laisse faire ce qu'ils veulent, alors c'est les nuits dehors, le père c'était un chasseur, il tuait les animaux, c'est pas un exemple non plus pour la gosse, elle se rend plus compte, les voyous lui disent de tuer son père, elle le tue, elle se rend pas compte, son père il tue les animaux, elle le tue, elle se rend pas compte, ils sont plus mûrs que nous les gosses, alors ils font plus de conneries, quatorze ans, elle fait seize ans, c'est pas une sainte non plus, qu'est-ce que vous en pensez ? Tiens, redonnez-moi un demi…

Sarkozy, vraiment, on se demande pourquoi ils choisissent des ministres qui ont des noms de maladie de la peau.

Le gars qui fait la radio tôt le matin, il peut pas avoir son réveil-radio, puisque le réveil-radio, quand il sonne, c'est lui qui est dedans…

Vipère au poing…
— Bazin ?
— Oui, Hervé Bazin…
— J'ai lu ça y a longtemps, moi.
— Je viens de le lire.
— C'est bien, hein…
— C'est bien mais c'est pas une vipère, c'est une couleuvre.

C'est compliqué, ce que je dis ?
— Non, c'est complètement con.

Et ils font des ennuis à Médecin !

Ahuri !
— Si tu crois me vexer avec des insultes de la campagne…

J'ai la tremblote, mais c'est pas le manque d'alcool, j'en ai bu plein.

… Ça ne se fait pas, tuer ses parents.

La gamine qui a tué son père, quand elle sera vieille, c'est comme si elle avait tué son fils, et quand elle aura l'âge de son père, c'est comme si elle avait tué son mari, avec le temps qui passe, elle aura tué trois personnes différentes, les remords, elle va en avoir, des remords, en trois exemplaires, la petite…

Les parents tuent les enfants, les enfants tuent les parents, mais qu'est-ce qu'il se passe, qu'est-ce qu'il se passe ?!

— Les gens ne sortent plus de chez eux, alors ils tuent ceux qu'ils trouvent à la maison.

— C'est pas une explication, ça !

— Vous en avez une meilleure ?

Je suis pas tellement d'accord avec les gens qui meurent.

— T'en connais ?

— Pas personnellement, mais j'en connais.

Mon père, à la fin, il avait la mémoire collée.

La première fois que je suis entré dans un café, j'étais jeunot, maintenant je suis un vieux bonhomme, comme quoi, dans les cafés, ça se passe exactement pareil que dehors…

J'ai tout le temps froid aux extrémités.

— Faites toucher… Houlà ! Vos doigts sont glacés !

— J'ai une très mauvaise circulation.

— Vous avez la même circulation que les araignées.

… La fille bougeait pas, et moi je bougeais dessus, rien à faire, la fille, en pierre, comme si j'avais la bite troglodyte…

Ils mettent des baleines dans la bouffe à chat, le chat peut pas le croire, ça…

— … ça dépasse l'entendement…

— … même pour nous…

— … des baleines… franchement…

— … la boîte est petite en plus…

Si au moins on pouvait éviter aux générations futures tous ces emballages plastique…

— Vous avez mangé du lion, ce matin !

Elle ne sait pas comment faire plaisir, alors du coup elle fait chier.

— C'est souvent comme ça.

Tant que son blouson sent le tabac froid, c'est qu'il fume pas du crack.

— Ah la la la la… je ne sais plus, moi, je ne sais plus…

Quand tu fumes de la drogue, après ça sent pas la drogue froide ?

Nous faisons des remises exceptionnelles auxquelles on ne peut pas dire non.
— Merde.

Non mais attendez, vous avez vu les robes ? Non mais vous avez vu les robes ? Le prix des robes ! Non mais vous avez vu le prix des robes ? Le prix ? Le prix ! Vous avez vu le prix ? Et quand vous les portez, ces robes ? Quand ? Où ? Au travail ? À la maison ? Où ? C'est impossible à porter ! Ou alors une fois, dans une soirée, exceptionnellement ! Une fois ! Et après vous la rangez dans la boîte, et vous la ressortez dans un cas comme Noël, ou le nouvel an, une fois ou deux par an disons, maxi, pas plus, et votre belle robe de haute couture de chez Dior, qui c'est qui la met ? C'est la mite.
— Une boule de naphtaline…
— Certainement pas ! Je mets pas de la naphtaline sur du Dior ! Ah, ah ! Certainement pas !

La mer, c'est mou, les continents qui sont durs sont séparés par du mou, un extraterrestre qui visiterait la Terre te dirait ça avec l'œil neuf du visiteur.

Je lui parle, c'est comme si je pissais dans un violon.

— Si c'est l'aéromodélisme qui l'intéresse, qu'est-ce que vous voulez…

— … dans un violon.

— Ne vous flagellez pas non plus…

— Des avions en balsa !

— Vous savez, on licencie dans les avions normaux, alors…

— Alors quoi ?! On voit bien que c'est pas votre fils !

— Moi le mien, il ferait des sous-marins en balsa que déjà je serais heureuse.

— C'est des avions.

— De ?

— Le balsa.

— Quoi ?

— Rien, moi le mien il est con, mais au moins, je sais ce qu'il fait !

La vulve.

— …

— Celle des fesses.

— …

— Dis donc, faut sortir, le soir.

— …
— Le truc.

Le grand voyageur, quand tu l'as à deux mètres de toi, il est pas plus grand voyageur que n'importe quel connard.

Un vent dans un sens, un vent dans l'autre, t'aurais dit deux vents qui se décoiffent.

À l'intérieur de l'autruche, ils ont trouvé un Mikado.

Il continue à livrer les patates sur son camion.
— Il a raison de s'en foutre, des modes.

Que dix briques au « Millionnaire », moi je lui fous un coup de boule à Risoli.

Dans le désert, toute la vie se passe sous les cailloux, comme à la Défense.

Ma femme est partie aux courses, j'espère qu'elle oubliera pas le pain.
— Y a des femmes, y a pas besoin de pain.

Je peux pas rester parce que au foyer, il faut que je rentre à onze heures sinon c'est fermé.

— Tu es pauvre et en plus tu rentres, on aura tout vu.

Une émission de télé, que sur les capotes !

— …!

— Une heure, que ça !

— …!

— On est loin du commissaire Bourrel !

— …

— Même que un jeune parlait du goût à la vanille !

— La vanille ?

— Rien, rien, rien…

Lang président de la République ? Il va faire tartiner l'Arc de triomphe avec du beurre d'anchois, ce mec-là…

Le sport professionnel, c'est ça qui fait les problèmes, il ne faudrait pas payer les sportifs, ça gâche le jeu.

— Moins cher.

— Non non, rien du tout ! Le sport, c'est un jeu !

— Oui, mais…

— C'est un jeu !

— Oui…

— Le Loto, c'est un jeu, est-ce qu'on est payés pour y jouer ?!
— Oui mais non enfin…
— C'est pareil.

Ils leur injectent des hormones mâles pour qu'elles nagent plus vite.
— Ma femme, tu peux lui en mettre autant que tu veux des hormones mâles, c'est pas pour ça qu'elle ira à la piscine.

T'aurais dû me réveiller.
— J'ai pas osé, tu dormais.

La chaîne du savoir, pour savoir quoi, on sait déjà tout.

Il est bien, Delors, il est bien, il est jeune.
— Il est jeune ?
— Ah oui, il ne boite pas.

Pendant que je pêche à la mouche ma femme pêche à l'asticot : elle adore s'occuper des gosses.

Ma famille, c'est mon coude.

Celui qui a la rage d'écrire met plein de gros mots pour que ça se voie, alors que celui qui a de la retenue dans l'écriture n'en met pas, c'est comme ça qu'on les reconnaît.

Dans la conquête de l'espace, le premier arrivé se garde les étoiles pour lui.

Pour gagner au Loto, il faut être pauvre, il faut jouer, il faut gagner, c'est beaucoup de conditions…

La moindre des politesses, c'est de picoler avec son mari quand il s'agit d'une femme qui picole…

Moi, je bois pas la nuit.

Dans la campagne présidentielle, quand tu les vois tous, le mot campagne, il est en trop.

Les bananes passent les frontières plus facilement que les hommes et moi je dis que l'homme est devenu fou de voter des lois qui avantagent les bananes par rapport à lui-même.

C'est tous les soirs qu'il faudrait voter, alors là, le président élu, il irait droit !

Les pompiers n'ont que des globules rouges.

Les cons, à l'autopsie, ils sont comme les autres, sauf la famille qui attend.

— … C'est une famille de cons.

La vésicule biliaire a plus d'un tour dans son sac.

Ma potion !

Le capitaine coule avec son bateau, le médecin meurt avec son malade !

C'est pas le moment d'aller en vacances en Algérie.

— C'est inondé ?

Les paysans qui se droguent ramassent les œufs des vaches.

Y a plus de prières maintenant, y a le fusil, tu te mets à genoux, tu tires !

Quand je taille les haies, ce qu'y me faudrait, c'est un million de Chinois, avec eux ça va vite.

Le poisson a tout le temps faim parce qu'il nage tout le temps.

Les châteaux sont classés, et pas les gens, les gens tu peux casser, tout le monde s'en fout.

Oahou ! Ouah ! Ouaw !
— Tais-toi le chien ! Je te paye pas pour garder la maison… t'es client…

Je ne vomis jamais.
— Oui, eh bien, ce n'est pas bon.

On se vide de notre jeunesse les uns dans les autres, les plus vieux se vident dans les plus jeunes, quand le plus vieux s'est tout vidé de sa jeunesse, il meurt, et le plus jeune qui s'est rempli de jeunesse commence à déborder dans un plus jeune que lui qui se remplit à son tour, la jeunesse fait comme une fontaine de champagne, pour dire que la vieillesse n'existe pas, la seule matière, c'est la jeunesse, qui coule, qui coule, qui coule, depuis le début de la vie jusqu'à la fin, la jeunesse coule, coule, coule, et c'est très bien comme ça !

De Villiers, je l'aime pas, y sent un peu la charrette pour l'échafaud.
— On revient aux traditions.

L'huître ça fait pas grossir, c'est du gras d'eau.

Schubert, sans sa musique, il aurait été un raté.

Les spermatozoïdes des cyclistes ont un numéro dans le dos.

Miss Monde, tu peux plus sortir de chez toi, tout le monde te pince le cul.

Se faire toucher les fesses à l'ANPE, est-ce que c'est du harcèlement sexuel au travail ?

La France est troisième exportateur d'armes dans le monde.

— C'est bien, comme ça, ça nous débarrasse.

Dans le monde virtuel, le dimanche midi tu vas manger chez ta mère de synthèse et le soir tu retournes dans ta disquette.

La corruption n'est pas une fatalité.

Si Cantona prend deux semaines de prison, alors Tapie c'est un milliard d'années.

La reine d'Angleterre, moi je chie dans son chapeau.

L'Égypte, six mille ans d'histoire, le soir, on se faisait pas prier pour aller au dodo, c'est moi qui vous le dis !

— Je veux bien vous croire.

Si j'étais un moineau, j'irais à Saint-Tropez, tu manges des miettes, tu dors sur la plage…

… une gravière tellement il est plein de boutons.

… on vivait dans les environs de Paris, maintenant, on habite en banlieue, et tout ça sans bouger d'un mètre !

L'alcool est le plus taxé de tous les sports.

Pour qui vous allez voter ?
— Ça se dit pas pour qui on vote.
— Droite ? Gauche ?
— Ça se dit pas si on est de droite ou si on est de gauche.
— Ça se voit…
— Chez moi, vous ne verrez rien, je n'ai même pas de bijoux.

L'effet de serre, si on a des palmiers à Lille, je dis oui.

J'aime bien prendre les petites routes, il aime bien prendre les grandes routes, il dit que la voiture aussi aime les grandes routes, la voiture est avec lui contre moi maintenant…

Je n'ai jamais voté, et pourtant, on a jamais manqué de président de la République !

Cabaudie est un nom qui ne s'invente pas.

Une ruelle en pente, c'est le minimum qu'elle puisse faire la ruelle, non ? C'est trop lui demander à la ruelle !

T'auras pas raison avec moi quand j'ai bu !

Quand il fait beau à Montereau, il fait beau à Sens.
— C'est un dicton de vieux.
— J'ai l'âge.

Allez hop, à l'écurie…

C'est toujours comme ça qu'ils font les hommes, d'engueuler leur femme plutôt que prendre des cachets calmants, c'est plus naturel et c'est moins minable que d'engueuler un gosse ou un chien !

… engueuler sa femme c'est pas de la drogue.

… c'est tout ce qu'on voudra mais pas de la drogue.

J'aimais bien les écologistes quand c'était un homme mais maintenant c'est une femme en jupe, qu'est-ce qu'elle y connaît en écologie, elle peut même pas se baisser…

Il voit tout il entend tout mais il comprend rien.

— Ah c'est dommage… et par quel phénomène ?

— Il est con.

J'ai calculé hier, si tu gagnes la Super Cagnotte tu peux dépenser quatre-vingt-neuf mille francs tous les jours pendant cent ans ! Sans travailler !

— De toute façon à cent ans tu travailles pas… et tu dépenses rien non plus, le calcul faut le faire jusqu'à quatre-vingt-dix ans…

— On travaille pas non plus, alors faut le faire jusqu'à la retraite, on travaille pas jusqu'à la retraite en dépensant la Cagnotte…

On voit que t'as jamais eu chaud, quand t'as vraiment chaud, tu t'éventeras avec n'importe quoi, un journal si y a que ça…

Elle me fait jamais des salsifis parce qu'elle sait que j'aime pas ça, elle a la psychologie féminine…

T'as une peau de saucisson entre les dents…

— T'es de la police toi !

Il a plus de poils ton balai.

— C'est un vieux balai… ça fait au moins un an que je l'ai…

— Un an ? C'est jeune pour un vieux balai.

Ça me rappelle quand moi j'étais à l'école, il apprend le truc que c'est une orange la Terre, avec l'écorce…

— Quand on voit ce qui se passe, c'est même une sanguine ton orange.

— Hein ?

Je peux parler en connaissance de cause, je suis du métier.

— Alors ?

— Les gens qui vous ont fait votre enduit c'est des vrais salopards…

— Vous entendez les gars, on parle de vous !

Ta Sainte Vierge, je l'encule !

— Tu pourrais au moins respecter les idées des autres…

— Les idées des autres, je les encule !

— Dis donc, la tolérance et toi ça fait deux.

— Ça fait deux je l'encule !

— Allez, arrête, tu dis n'importe quoi…

— … je vais rentrer…

Il est con comme une merde, il sort il sait plus rentrer.

Dieu tu l'écris avec un grand « D » ou avec un petit « d » ?
— Dieut ? Avec un « t ».

Des vrais tourtereaux, si tu les laissais faire ils volent pour aller chier sur les voitures garées…

Il est amoureux, vingt fois dans la journée y change de chaussettes…
— Pourquoi y fait ça ?
— Je viens de te dire qu'il était amoureux !

Les aveugles, par conséquence ils ont douze à chaque oreille.

Y a pas d'arêtes dans le bifteck !
— Un vrai gosse.

Il est pas franc, ce mec, y parle toujours avec une main devant la bouche, y doit dormir avec un doigt dans le cul…

Il est né en Alcoolie.

La pluie, oui, le vent, non.

Si c'est Chirac qui est élu, qui c'est qui sera maire de Paris ?

— Toubon.

— Toubon, ah non, il a même pas une tête de maire de Limoges.

… j'achète du Chirac et je revends pour acheter du Jospin, si ça baisse je revends, je prends du Chirac, c'est une élection comme à la Bourse ce coup-ci…

Chirac, Jospin, il leur faut vingt personnes pour décider de la taille de la table pour leur débat à la con, alors pour diriger la France, combien il va leur en falloir, du monde ?

Zappe ta bière, on est à la bourre.

Le portrait en peinture sur les cartes d'identité ferait travailler plein d'artistes.

— C'est pas les plus malheureux, va.

Tchernobyl continue de marcher puisque, à trente bornes de là, ça fait bouillir la soupe.

… Virgule, mon cul, derrière une virgule tu peux écrire mon cul comme tu peux écrire nuage, la virgule sait pas lire, c'est pas elle qui va se plaindre.

… un début, un milieu, une fin…
— Alors là d'accord, c'est du vrai cinéma.

L'intelligence se voit dans l'œil parce qu'après tout, c'est le trou le plus près du cerveau…

… ça fait comme un puits que tu te penches, tu vois l'eau dedans.

… ça fait ça…

J'ai eu deux enfants, aucun n'aime le poisson.
— Oh, vous savez, ça…
— C'est un peu la loi des séries.

Quand mon mari est parti de la maladie, j'ai pris un animal pour pas être seule, mais vous savez, un écureuil ça ne remplace pas.

Des promesses, des promesses, et après qu'ils sont élus ? Rien ! Y a que pendant la campagne qu'ils nous aiment bien ! Tiens ! Sept ans de campagne, six mois de pouvoir, au moins comme ça, pendant sept ans, on serait la mariée !

Le pouvoir rend fou, on le sait, même tenir une boulangerie qui marche, ça commence à changer l'homme.

C'est l'avantage de la démocratie de pouvoir voter quand il fait beau.

Mangez des pommes !
— Ta gueule.

Je conduis que pour aller boire des coups, alors m'enlever le permis pour ça, c'est pas logique non plus…

Toute la nuit j'ai rêvé que j'allais voter à midi pile pendant les cloches, alors je vais y aller à midi, pour respecter le rêve.

Il était beau, il était sain, il était content, il était assis à côté de moi, il riait, il avait de la merde dans l'oreille, alors moi, ces mecs-là, tu comprends…

Je lui avais dit avant le mariage, j'ai plein de défauts, plein, et vous allez m'aimer et il m'a dit, qu'elle est bête, et on a fait le mariage, on s'aime beaucoup… enfin, on s'aimait.
— Moi, j'aurais pas dit ça.
— Oui, mais lui…

… à la pêche j'attire le poisson à cause de ma peau blanche, il paraît qu'on dirait de l'appât, je me mets assise à côté de mon mari, c'est tout ce que j'ai à faire, pas bouger pour faire l'appât.

La solitude, c'est bien tout seul, mais avec quelqu'un…
— On s'ennuie.
— Un peu.

Il lui met une claque alors que c'est un souffleur de verre, t'es con ou quoi ?

La pharmacienne est jolie, ça m'est plus facile d'acheter les capotes que les suppositoires, je vois le mot suppositoire dans son œil.

Y a plein de top models qui se montrent parce que les champions de tennis, c'est des grands épouseurs de connasses.

… il s'ennuie, il tourne en rond comme Copernic.

Le riche a pas d'origine sociale, il a de l'hérédité.

Chez les pauvres, une belle armoire vaut armoiries.

Tu peux traîner mon nom dans la boue, je m'en fous, je m'appelle Charue.

Entre les couilles de l'homme le plus beau du monde et les couilles de l'homme le plus laid, t'as pas des kilomètres de différence, ça rabat le caquet, les couilles.

Ses légumes, tous pourris !

— Elle a pas de clients.

— Raison de plus pour pas exposer des légumes pourris quand y a personne dans le magasin… non mais…

La crotte de nez ne fait pas un bon engrais.

Vous savez combien vous avez de cheveux, vous ? Non ! Ça vous empêche pas de vous coiffer ! Le nombre d'habitants sur la Terre, faudrait pas que ça vous empêche d'y penser !

— Et toc !

— Prends ça dans les dents !

Il aime pas les cons.

— Personne les aime.

J'ai perdu toute ma matinée aux objets trouvés !

Dans le Maghrébin, y a à boire et à manger…

Internet, ils livrent le lait ?

Faut que j'aille faire des photos.
— Maintenant ?
— Pour mes papiers.
— Maintenant ? T'as vu ta gueule !
— Je m'en fous, c'est des photos.
— Ça peut pas attendre demain ?
— Faut que j'aille faire des photos !
— T'as vu ta gueule ?
— Je m'en fous, c'est pour des photos.
— Des photos de toi.
— Des photos d'identité pour les papiers.
— Des photos de toi.
— Des photos d'identité.
— Dans l'état que t'es, tu ferais mieux de mettre la photo de ton cul.
— C'est interdit.
— …?
— …
— Je blague.
— Sinon je le fais.
— Je blague.
— Je le fais !
— Je blague.
— Faut que j'aille faire des photos de mon cul pour les papiers d'identité.
— Faut pas blaguer avec toi…
— Pour mes papiers…
— Maintenant ? T'as vu ton cul ?

— Tu te fous de ma gueule !

— Non, mais tu les feras demain tes photos.

— NOOOOOOOOON ! Tout de suite !

— Tu veux faire des photos d'identité, tu sais même plus comment tu t'appelles.

— Justement !

…je ne sais plus son nom mais c'est un papillon qui vit une seule seconde, et encore, sauf accident…

Je l'ai ouvert, je l'ai refermé.

— Vous me le prêterez ?

— Ah je vous le donne même, moi, les romans à l'eau de fleur…

Il est pudique, mais à un point ; je suis sûre, même son slip l'a jamais vu tout nu !

C'est toujours les pauvres qui payent, toujours, à croire qu'on nous entortille le porte-monnaie avec l'ombilic à la naissance.

Les détecteurs de mensonge, ils trichent sur les prix.

Au pôle Nord, au pôle Sud, à l'équateur, l'homme s'acclimate partout, il n'y a qu'en banlieue qu'il ne s'acclimate pas.

Une belle bande de voleurs aux HLM, avec eux, c'est une abeille par ruche.

Chirac, à part de Gaulle, qu'est-ce qu'y connaît ?

… ils n'apprennent même plus les dates…

… de mon temps, j'étais jeune…

J'aime bien les jolies choses, oui, j'aime bien, mais à petite dose.

Je suis un être humain, comme vous, comme lui, comme lui…

— Oui oui…

— Je suis un être humain…

— Oui oui, tout le monde est un être humain ici.

— Vous êtes un humain.

— Oui oui, y a que des humains ici.

— Nous sommes des êtres humains.

— Oui, c'est ça… y commence à me fatiguer lui avec ses humains…

— Tous des humains.

— Oui, tous humains… allez, ça va comme ça maintenant, vous avez assez bu.

— Je suis un humain.

— Oui, je sais.

— Nous sommes tous humains.

— Oui, mais y en a ailleurs des humains aussi, y en a pas qu'ici, y en a au lit, ça va, ça suffit, rentrez chez vous…

— …

— C'est ça… voilà… allez… voilà… attention, hop, voilà… non, le journal il reste ici… voilà… au revoir…

— …

— …

— Si ça se trouve, t'as viré un extraterrestre.

— Oui, eh ben bon, des extraterrestres comme ça, c'est pas la peine, j'en ai assez sur Terre…

Un volcan éteint, tu balances ton clope dedans, rebelote.

Vous trouvez pas que j'ai vieilli ?

— Si.

— C'est pas ça que je vous demande !

Les riches aiment pas les enfants, ils en font pour partager leur pognon.

Ils font exploser la bombe atomique à mille mètres sous Terre, un kilomètre, comme d'ici au pont.

— C'est vachement près.

C'est pas la peine de dépenser des sous en voyage, pour lui les meilleures vacances, c'est une couille qui dépasse du short.

Une explosion souterraine, ça risque rien.
— C'est ça, c'est ça, voyez la station Saint-Michel.

Chez les intellectuels, on voit les côtes.

Le film dure trois heures.
— Trois heures ?
— Trois heures.
— Un film qui dure trois heures, si ils servent pas à bouffer, j'y vais pas.

… un film qui dure trois heures, faut que le cinéma fasse train, sinon…

Les intellectuels s'écrivaient, maintenant ça se téléphone, un jour ça se tapera dans le dos sans parler, comme les manuels…

La prochaine fois qu'il met une branlée à sa femme sur le palier, je fais comme l'ONU, j'y vais pas.

Chirac, pour moi, c'est un président qui a une couille qui dépasse du short.

Les doigts de pied, c’est une zone érogène, mais c’est chiant, faut se baisser.

Mais qu’est-ce qu’elle fait sa femme si il a une bonne ?

Les yeux en amandes, elle a perdu son mari, hop, les yeux en noix.

— Trop de peine.

— C’est les yeux qui ont pris tout de suite.

— À force de pleurer.

— Les yeux en noix.

Sucer Freud, moi je l’aurais pas fait.

Je regarde un sac plastique, et ça y est, je m’ennuie.

— Le cuir fait pas ça.

Il habite rue Clotilde-Bizolon, la Maman des Poilus, 1871-1940.

— 1871-1940 ? Elle a combien de numéros sa rue ?

Ma femme n’aime pas respirer.

— …?

— Depuis qu'elle est toute jeune, elle n'aime pas respirer.

Vous savez pas qui j'ai pris ce matin dans mon taxi ? Marie Bizet ! Vous connaissez pas Marie Bizet ? Non ? Une chanteuse célèbre de l'époque, une vieille dame, très belle vieille dame, elle m'a chanté une chanson dans la voiture, elle amène son chien chez le vétérinaire parce qu'il a froid… qu'est-ce que vous voulez que je vous dise… elle veut le faire soigner contre le froid… elle va me reprendre parce que je fume le cigare… Vous connaissez pas ? C'est Marie Bizet… il faudrait voir dans un dictionnaire ou dans le *Quid*… une vieille chanteuse… parce qu'il a froid… c'est Marie Bizet.

Elle a la voix dans la culotte, la petite Paradis…

Je lis le français, l'anglais je lis pas, quand c'est marqué en anglais sur les biscuits je lis pas, je préfère pas manger de biscuits que lire l'anglais, question de principe, surtout pour des biscuits, ils charrient tout de même, de l'anglais ! Les avions, je dis pas, mais les biscuits !

C'est pas les agriculteurs qui font vivre les dentistes en tout cas…

Rabin, pan, zigouillé dis donc, abattu, trois balles dis donc !

— Par un Arabe ?

— Par un Juif.

— C'est les plus forts.

Ils ont greffé une oreille humaine sur le dos d'une souris.

— J'avais pas peur des souris, mais ça va venir.

J'aime bien les chats, ils réfléchissent et ils le gardent pour eux.

Monsieur ?

— Un café.

— Et pour madame ?

— Un kir.

— Et pour le Lulu national ?

— Pareil.

— Un café ?

Un noisette pour la quatre !

Quand je suis à la pêche et que des moustiques me piquent, je suis une sorte de martyr de la paix.

Le bruit de l'eau c'est un disque qui ne s'arrête jamais, et en plus, tu peux mettre tes pieds dans l'orchestre.

La mort de Rabin, ça change quoi pour nous ?
— Pour moi qui suis juif…
— C'est vos informations régionales à vous, nous, on a cinq agriculteurs qui partent en préretraite.

☕

De Gaulle a viré l'Algérie de la France et il a bien fait !

Napoléon, c'est un nazi, d'ailleurs, quand tu vois les aigles…

La pendaison, c'est pas pire que la chaise électrique, et au moins t'es dehors.

Chirac est allé coucher dans le lit à de Gaulle.
— C'est pas tellement propre.

Tu me feras pas coucher dans le lit à de Gaulle ou d'un autre vieux comme ça !

Je préfère encore dormir dehors que dans le lit à de Gaulle.

🍷

Les maîtres nageurs avec les petits slips, c'est des pédés.

Dans la mode, c'est tous des pédés.

Dans l'aviation, tous des pédés.

Les curés, tous pédés.

Les bouchers, pas toujours mais des fois, c'est des gros pédés.

Ceux qui font du canoë-kayak, la plupart, c'est des pédés.

Et les nageuses, c'est des gouines aussi, comme dans le tennis.

Les patineurs artistiques, c'est pédés et compagnie.

Dans la danse, c'est tous des pédés.

Les serveuses des charcuteries, c'est toutes des gouines.

Les filles dans les douches, c'est souvent des gouines.

Dans le rugby, un pédé sur deux, à cause des vestiaires.

Les bonnes sœurs, quasiment toutes des gouines.

La mode, moi… vous savez… la mode… si vous saviez… j'ai eu deux robes dans ma vie, une robe de petite fille et une robe de dame, ce sont les deux robes les plus importantes, les autres robes ne sont que des robes qui passent, ça compte pas, comme les âges, combien d'âges servent à quelque chose et combien d'âges servent à rien ! On est jeune, l'autre jour on est une vieille, c'est ça qui compte, petite robe grande robe jeune vieille, et pour les garçons, petit garçon grand-père pantalon court pantalon long, ça traîne pas… les modes qui changent, les âges qui changent… moi… vous savez… la réforme de l'âge, c'est un peu plus important que les histoires de la Sécurité sociale… deux âges deux robes, j'en sors pas… deux beaux âges et deux belles robes, évidemment ! Vous aviez compris…

À la morgue, ils se tapent des morts.

Les alpinistes, dans la tente là-haut, sans personne qui regarde, ils sont à poil avec la bite qui sort du duvet, mais bien sûr, t'as vu la couleur des anoraks qu'ils ont maintenant ?

Dans le ski féminin, elles ont des gros culs, c'est des gouines.

Souvent les ploucs se tapent les poules.

Les garçons dans les cabinets publics, tu peux être sûr que c'est des pédés.

Lang se tape des petits animaux, ah si !

Walt Disney se gênait pas pour se taper des petits animaux non plus. Il est mort de ça d'ailleurs, d'une maladie animale.

En Algérie, c'est que des pédés puisque les femmes sont enfermées.

Les gens qui élèvent des petites vaches, souvent, il y a de la tentation parmi les montagnards isolés l'hiver.

Les toreros, ils ont la bite tout aplatie dans le pantalon, c'est encore un autre genre ça…

Il est pédé ou il est pas pédé ?
— Il va sous le caillou avec l'autre mâle.
— Alors ton poisson il est pédé.

On aurait un pharmacien comme Premier ministre, on l'écouterait, mais un politicien, comment voulez-vous avoir confiance ? Ou un docteur comme Douste-Blazy, ou même François de Closets, mais un politicien qui n'a fait aucune étude spéciale comment voulez-vous croire ce qu'il dit quand il dit, il faut un remède de cheval ? Il est pas pharmacien, le con, il n'est rien, il n'a pas la jugeote du spécialiste, et comment il pourrait l'avoir, il n'a appris que la vie de de Gaulle, avec ça, on est bien avancés, des gars qui connaissent la vie du Général, que je respecte, c'était un militaire en temps de guerre, il avait sa place à la tête de l'État, mais un branleur en temps de crise, il nous faut des gens qui savent, et le savoir, c'est à l'école de pharmacie que ça s'apprend, ou à l'école d'industrie, pas à l'école des rien-du-tout qui bavardent et qui ne font rien, à part voler notre argent, pour ça ils sont pas mal forts, pour nous voler notre pognon, ah ça oui, alors que, au moins, ils volent du pognon à l'étranger pour faire marcher la France si c'est ça leur spécialité, ils sont invités en Afrique, ils volent de l'argent dans les banques, de toute façon l'argent, en Afrique, pour ce qu'ils en font à part acheter des bijoux aux poulets, et cet argent ils le remettent dans les banques françaises qui en ont bien besoin, on serait un peu plus respectés dans le monde si on disait qu'on est des voleurs, puisque c'est vrai, avec la bombe atomique, ça serait complet comme politique étrangère, mettez-moi au gouvernement une seule journée, vous allez voir le changement !

La météo, c'est un métier de femme, d'ailleurs chez les commerçants c'est tout le temps elles qui parlent du temps.

Le petit déjeuner c'est le repas le plus important de la journée, c'est pour ça que je bois du bon blanc.

La couille la plus virile, c'est la noix de coco.

J'étais contrariée, je n'ai rien avalé.

Elles ont les doigts de pied très écartés et comme elles sont souples elles fument avec le cul pour les touristes.

— Ils sont travailleurs dans ces pays, mais là, c'est exagéré.

Bon… je vais sortir dehors un peu…

La version officielle, c'est qu'il a chanté jusqu'à ce qu'on le vire.

— Moi, c'est pas ce qu'on m'a dit.

… et blabli et blablo…

Ça finira mal tes conneries… arrête… arrête !… arrête ! j'aime pas qu'on me chatouille, j'aime pas qu'on me chatouille, arrête, c'est tout…

La meilleure condition de travail c'est les vacances.

Édith Cresson, c'était un Juppé avec des couilles.

— Maison Garnier !

Sur une île déserte, moi j'emmène du monde, si j'ai le choix.

Les otaries, c'est des connasses.

Les anges ont pas de trou du cul.

Si t'as pas de sexe t'as pas de trou du cul puisque ça va ensemble.

Rien, je n'ai rien eu de l'héritage, avec les avocats on a essayé de tricher sur les papiers, je n'ai rien eu.

— Les avocats, ils sont chers, ils ne font rien.

— Vrai, c'est bien vrai, j'aurais aussi bien fait de tricher toute seule.

Y a encore du latin à l'école, ben putain !

Les informations régionales ont une vraie fonction, les autres…

On peut rien poser sur un plat ovale.

Un morceau de musique trop gaie ça fait mec qui bosse pas et trop triste ça fait mec qui déprime et qui cherche pas du boulot, de toute façon quand on écoute de la musique à la maison dans la journée on n'ouvre pas grand les fenêtres.

Une inondation en Inde, je vois pas qui ça peut intéresser ici, tu crois qu'en Inde ça les intéresse les inondations à Béziers ? Tu rigoles, ils savent même pas qu'il y a un Béziers sur Terre…

Et à la cantine, ils leur donnent quoi ?!

J'ai pas reconnu ta femme.

— Elle était bourrée ?
— Non non, moi.

La Belgique sera la France avec l'Europe.
— La France sera allemande mais la Belgique sera la Suisse.
— Ah bon, vous voyez ça comme ça ?

Votre enfant ne vous ressemble pas du tout.
— Je sais, ma femme n'est pas une photocopieuse.

Va baver plus loin…

On est moins civilisés que les Indiens d'Amazonie.
— J'ai pas une plume dans le cul, moi !
— Ils ont une culture bien plus fine que nous.
— J'ai pas une plume dans le cul, moi !

Qui c'est qui décide des génies ?! Une fois de plus le gouvernement !

Au niveau de l'espace, le plus dangereux, c'est le Soleil, le plus con, c'est la Terre.
— Ah non, c'est la Lune.

Ils vont dans l'espace avec une capsule, je les admire, une capsule même à la fête je monte pas dedans.

Dans ma famille, on est tous petits, vous êtes de quelle famille ?

— …?

— Vous êtes de quelle région ?

— La Bretagne.

— Ah non alors…

— Saint-Malo.

— Ah non.

Ma femme, c'est ma banlieue.

— T'es d'où ?

— Huguette.

On est obligé de reconnaître que c'est macho comme milieu les analyses de pisse, c'est que les femmes qui trempent les petits buvards.

Servie avec de la viande folle, la frite paraît très intelligente…

… le fou aussi, c'est de la viande.

… en fait, c'est comme une petite corrida, la vache folle attaque l'homme mais l'arène est grande comme une assiette.

Moi, j'ai un copain boucher, il est tellement beau que dans sa boucherie on dirait que c'est lui la viande.

Abattre quatre millions de vaches, même folles, c'est monstrueux, elles feraient de très bonnes débroussailleuses.

— Quand on voit ce que buvaient les cantonniers, ça peut pas être pire.

Dans tout le tas des vaches contaminées, y en a bien une ou deux qui font semblant pour pas qu'on les mange.

— C'est humain.

On mangerait directement les vétérinaires, on aurait moins d'ennuis.

On élèverait pas les vaches folles, elles seraient moins cons.

… je comprends les femmes des fois.

… c'est les bonnes femmes qui ont tué le féminisme.

J'ai la bite dans une cage d'écureuil en ce moment…

Quatre-vingts ans, il se marie avec une jeune de trente ans !

— Trente ans, c'est pas si jeune que ça.

… pour se faire rembourser des suppositoires, faut pas être bien fière !

L'abbé Pierre, c'est parce qu'il a plus sa tête et Brigitte Bardot, c'est parce qu'elle a plus son cul.

Vous allez donner vos organes, vous ?
— Pourquoi ? Je suis trop grosse ?

Mon fils et moi on a la même mentalité, il fait cent six kilos.

… l'intelligence du cul c'est d'être derrière.

Elle a abandonné son gosse dès la naissance, tu parles d'un service après-vente.

Il est tout le temps fatigué.
— Vous avez essayé le coup de pied au cul ?

… il a perdu sa femme dans le chaos, il lui a lâché la main, plus rien, aux Galeries Lafayette.

Bernard-Henri Lévy, on l'appelle philosophe parce qu'il vit avec une pouffiasse et qu'il arrive à la supporter, c'est pour ça.

— Il faut de la philosophie pour une conne pareille !

— Elle est belle cette femme, je trouve.

— Les philosophes, ils ont toujours des pouffiasses, Marx, tout ça, ils se tapaient des boudins.

— Connais pas la femme de Marx.

— Toutes les Russes de l'époque, c'est des boudins.

— Maintenant avec la mafia russe elles sont belles, c'est des putes.

— La fin du mur de Berlin, résultat les Russes, c'est des belles putes.

— À la limite c'est mieux.

Ce mur de Berlin, c'était avant tout un énorme quiproquo.

Les femmes qui font de la politique avec un chignon, moi je dis qu'elles seraient mieux à la maison !

Elle a des poches d'eau dans les nichons.

— Du robinet ?

— Sans doute de la source.

Les féministes, maintenant elles se mettent à genoux pour faire les courses, les bonnes femmes !

Vade retro, satanas !

— Je paye un coup.

— Viendé, satanos et payos !

… ils aiment bien tuer les gens les socialistes.

… tout ça c'est des politicards de merde…

Il en aura fait Mitterrand des saloperies dans sa vie, les Juifs pendant la guerre, le sang contaminé, la farine pourrie, eh ben, vous parlez d'un grand homme !

… tout ça c'est des politicards de merde…

Quand on sait tout ce qu'on finit par savoir, ça fout la trouille d'imaginer tcut ce qu'on sait pas…

Elle est superbien cette boîte, le parking est gardé par des maîtres-chiens !

— Classe !

Tiens, v'là les Titans !

… faire du mal à un petit Marcel, je comprends, mais martyriser un enfant que tu as appelé Kevin, je comprends pas pourquoi tu l'as appelé Kevin !

C'est un alcoolique qui a inventé la peinture à l'huile, à cause qu'on est obligé d'attendre quand ça sèche.

Il faisait venir les petites filles chez lui, parce qu'il a une piscine.

— Et puis ?

— Et puis, et puis, il est dans le journal.

… tu te branles devant un film porno, c'est comme le karaoké…

Fabius, il a vendu du sida aux hôpitaux, c'est pas mieux.

Les nudistes sont des gens comme les autres, on ne va pas leur mettre une étiquette dans le dos.

Leur viande folle, ils la mangent bouillie avec de la menthe dessus !

— En plus…

Les Noirs sont pas égaux puisque déjà ils sont plus nombreux.

La tour Eiffel, finalement c'est que des fenêtres qu'on voit tout Paris au travers.

C'est appréciable un policier dans la famille quand on vit seule comme vous en banlieue…

Simone Veil, allez hop ! À la maison faire la soupe !

Ella Fitzgerald.
— Elle est morte ?
— Oui, soixante-dix-huit ans, c'est bien.
— Soixante-dix-huit ans, c'est très bien.

La grande dame de la chanson…
— Ah non, la grande dame de la chanson, c'est Mireille.

… je préfère les chanteuses modernes, c'est plus frais.

Des musiciens, il y en a trop, même dans les Codec, ça chante.
— Fitzgerald, c'est pas pareil, il n'y en a que dans les magasins d'habits.

Une femme sur un vélo, c'est pas ce qu'on fait de mieux, non ?

Vous fumez ?

— Et alors ?

— Vous êtes enceinte et vous fumez ?

— Oui, je veux un bébé fumeur, les non-fumeurs c'est des cons.

Pour faire de la spéléo pendant les vacances, faut pas beaucoup aimer les gonzesses en maillot !

Les bonnes femmes, dès qu'elles sont virées de la télé, elles font des gosses, ça sert à ça maintenant les gosses, ou alors elles font semblant d'écrire un livre, ça sert à ça les livres et les gosses maintenant, c'est pour occuper les pouffiasses virées de la télé !

... Sur un vélo tu peux pas arriver propre au mariage.

Une femme président de la République, oui d'accord mais bon, et si elle est enceinte alors déjà elle est en vacances ?

Pour pondre, le cul de la poule est mieux.

Elle grossit, elle vieillit pas.

— Elle met sa jeunesse dans le gras, comme du confit.

Ça refroidit à une vitesse les nouilles !

Un demi, un panaché… et toi, tu veux quoi ?

— …

— Tu veux quoi ?

— …

— Allez, tu vois pas que tu fais attendre la demoiselle…

— …

— Elle m'énerve !

— …

— Alors ? Mais c'est pas vrai ! Tu veux quoi ? Un Coca ? Un Orangina ?

— …

— Tu veux quoi ?

— …

— Décide-toi, sinon la demoiselle s'en va et tu boiras rien…

— …

— Alors ?

— …

— Elle est godiche ! Alors ? Tu veux quoi ?

— …

— T'es pas toute seule !

— …

— Tu veux quoi ? Et suçote pas ton appareil !

— …

— Des fois, je la tuerais !

— …

— Alors ?!

— …

— Excusez-nous mademoiselle… servez-nous le demi et le panaché déjà et la suite on verra…

— …

— Tu sais toujours pas ? Je plains son futur mari !

— …

— C'est vraiment l'âge con ! Allez, hop, donnez-lui un Coca et ça ira comme ça !

— Non non, un Pepchi !

— Tu veux un Pepsi ?

— Un Pepchi.

— Tu pouvais pas le dire avant ! T'as qu'à prendre tout le temps la même chose si tu sais pas.

— Un Pepchi.

— Un demi, un panaché et un Pepsi.

— Avec une paille.

— C'est ça, avec une paille.

— Vous avez les pailles qui chont tordues comme cha ?

— Ho ! C'est tout, oui ?

— Et une rondelle de chitron dans le Pepchi.

— Des fois, je la tuerais !

— Un demi ! Un panaché ! Un Pepsi rondelle avec une paille !

Moi, j'aime bien nager avec la bite dans l'eau.

Quand j'étais jeune, j'étais belle.
— Mais vous êtes encore belle !
— Mais non, elle, c'est ma fille.

Elle est sulfureuse comme mes couilles la patronne ce matin !
— Vous avez de la chance que le patron soit pas là parce qu'il aime pas beaucoup quand on me parle comme ça…

Étouffer et violer une gamine, y en a qui ont de ces idées…
— Y a pas de guerre, on s'entre-tue pour autre chose…

On demande toujours aux putes et aux flics pourquoi ils font ça, jamais aux dentistes.

Elle fait un rôle de gouine.
— Deneuve ? Et pourquoi ?
— Elle fait la gouine, avec une femme.
— Et Mastroianni qui avait été marié avec elle pendant dix ans…
— Il est en train de mourir, il paraît.
— Et elle fait un rôle de gouine…

Les fesses, c'est fait pour se promener tout nu, c'est fait pour cacher le milieu.

Ils vont faire une loi sur l'air !

— Vous serez bien content de respirer du bon air aussi…

— On rêve ! Ici c'est un bureau de tabac, monsieur !

— Mais non, on ne rêve pas.

— Pourquoi pas un décret sur les courants d'air pendant qu'ils y sont !

— Ma fille, elle fait de l'asthme, c'est grave l'asthme.

— Ils se foutent du monde, vraiment !

— On peut en mourir.

— Eh ben, t'en referas une autre !

… on a une hache à la campagne et tu m'as jamais poursuivie avec…

Ils reprennent d'une main ce qu'ils donnent de l'autre.

— Faudrait être gouvernés par des manchots !

Un strip-tease tout nu j'aime pas tellement, faut au moins garder le mystère, c'est plus bandant, ou le slip ficelle.

— Le slip ficelle, c'est la définition de l'érotisme en fait.

Breton, c'est pas une race.
— Si !
— Mais non, c'est une région.
— Ah bon, parce qu'il y a pas de races dans les régions ?!
— Mais non, c'est pas une race.
— Si ! Et j'en suis fier en plus.

Des races sur Terre, y en a qu'une, c'est l'homme.
— Non, au moins deux, avec la femme.

Blanc, noir, c'est pas une race, c'est une couleur, la race, c'est là où t'habites, en France, c'est blanc.
— C'est ton avis, t'as le droit.

C'est le Blanc qui a inventé l'égalité, alors il en fait ce qu'il en veut !

Il était noir Mozart ?! Alors…

Elle est tout le temps enceinte ! Faire des gosses, c'est le pire trafic d'organes que je connais !

J'ai des copains dans la police, ils boivent plus que chez les facteurs mais c'est pas grave parce que dans la police on distribue pas le courrier…

Tu sors pas voir l'éclipse ? Y en a une tous les dix-huit ans !

— J'ai pas fini mon demi, j'irai à l'autre.

Elle veut être mannequin des pieds parce qu'elle a des beaux pieds mais le reste, elle a un gros cul et un grand nez.

— C'est quoi ça mannequin des pieds, ça existe ?

— On fait des photos de vos pieds pour des publicités de chaussures ou des publicités de chaussettes ou des produits comme Akiléine pour les gens qui sentent des pieds.

— Elle pue des pieds votre fille ?

Ma mère voyait plus rien mais dans la maison ça allait à condition qu'elle tienne son torchon, le torchon de la cuisine c'était son chien d'aveugle à maman…

— Beaucoup de femmes sont comme ça.

… elle m'emmerde encore comme ça, je lui fais signer la Convention Obsèques et après je lui fous un coup de pelle !

… j'ai toujours eu un parcours gynécologique sans problème…

Elles sont à poil à faire de la publicité et maintenant elles veulent faire de la politique les bonnes femmes, ah, mais faudrait savoir !

C'est le cerveau qui fabrique la mémoire, parce que sinon, y a rien à se rappeler.

Sa mère, elle a la maladie de la mémoire.
— Moi la mienne elle continue de me faire chier avec des trucs que j'ai faits à cinq ans ! alors à la limite…

Avec Alzheimer, tu te torches le cul, tu crois que tu te fais les cils !
— C'est pas terrible pour une femme.

La mode c'était le sida, maintenant c'est Alzheimer.
— Putain, je préfère la minijupe !

Elle avait ses cheveux comme un oiseau.
— …?
— Sur la tête.

Les hommes et les femmes qui font le même travail et qui gagnent pareil d'accord c'est bien mais qui c'est qui est l'homme alors hein c'est qui ?

— Moi non je ne suis pas d'accord, la femme c'est la femme.

— Attention ! Je suis d'accord, mais par principe, sinon t'as raison aussi et moi non plus, je ne suis pas d'accord comme toi.

— Parce que après, c'est qui l'homme ?

— Absolument !

— Le même travail mais pas la même paye puisque de toute façon on se lève plus tôt nous.

— L'autre elle arrive à midi à cause des gosses on va pas non plus lui donner la paye du Loto !

— Le principe est bien.

— Tous les principes c'est bien, mais la vie attention la vie, c'est pas des principes, c'est la vie...

— De tous les jours.

— Exactement !

La mauvaise haleine c'est le pire contre la séduction, c'est le résultat d'un sondage d'un journal que...

— Un sondage ?

— Oui.

— Dans quel journal ?

— Un journal.
— C'est du bidon.
— Un journal féminin.
— Encore plus bidon !
— Je l'ai entendu à la radio.
— À la radio ?
— Le matin.
— Quelle radio ?
— À l'épicerie, on en a parlé même.
— Avec l'épicière ?
— Tu la connais d'ailleurs.
— Elle dit n'importe quoi celle-là ! Elle raconte partout qu'elle avait un tabac avant !
— Elle avait un tabac avant.
— C'est du bidon !
— Dans le Beaujolais.
— Et elle vient nous faire la morale sur la mauvaise haleine !

Je dis pas du mal des Noirs, y a des cons partout, c'est tout.

L'avantage du sida, c'est que la mienne qui a seize ans elle reste devant la télé.

J'espère qu'elle picole parce que si elle a une tronche pareille sans picoler, c'est dommage pour elle.

Tu manges ta femme dans une assiette, mais après qui c'est qui fait la vaisselle ?

Moi si j'étais cannibale je ferais pas la vaisselle.

Elle est enceinte, elle tourne, elle vire, elle sert toujours au magasin, c'est pas bon pour le petit.

— Pour le bébé c'est du manège.

Il a intérêt à avoir son slip bien propre l'Esquimau quand il baise dans la neige.

Donne-moi un truc qui se gratte, ça va occuper ma femme.

L'enfant in vitro, tu t'en occupes plus que l'enfant normal.

— C'est comme les fausses dents qui coûtent du blé, moi je les brosse plus que les autres dents qui sont normales…

Tout d'un coup y a quelqu'un qui va donner le signal et ça va passer de la bière au Ricard, mais c'est instantané attention !

— …

— …

— …

— …

— Même chose ?
— Non, un Ricard.
— Tu vois…

La mode Chanel, faut pas que ça pleuve, on voit les nichons.

Il est pédé à EDF.
— Avec nos impôts !

Le feu au cul pour une pute, c'est la flamme du gaz pour un cuistot.

On est le seul animal qui prend sa bite à la main pour pisser.

… Les meilleures c'est les plates.

T'es aigrie, t'as les ongles sales, tu pues de la gueule, tu ferais un bon critique à *Libé* !

Elle a pas de miroir chez elle, tant mieux, brûlée au troisième degré, on boit pas de l'essence…

Les mères des cons, elles sont toujours enceintes !

… Des mots des mots des mots…

… Les promesses, ils sont forts…

… Chaque fois pareil…

Faut pas nous lécher le cul même avec une langue de bois !

… Y en a des bien des femmes ministres mais aussi y en a des moches je trouve…

… La seule que je me ferais c'est celle qui s'appelle Royal ou un nom comme ça, mais la grosse de Strasbourg, ah non !

Des femmes ministres c'est bien mais vous allez voir quand ça va être l'époque d'être enceinte…

… La débandade…

Des femmes ministres ? Une guerre tiens ! et tu vas les voir avec leur jupe…

… La ministre de la Justice la nouvelle la jeune là, elle a un fils en prison il paraît…

Ministre de l'Intérieur ? Chevènement ! Putain on peut faire les cons avec celui-là, tu voles une voiture, il démissionne.

Elle est ministre celle de la choucroute ?

— Trautmann ? Elle est ministre de la Culture.

— C'est rien ça, c'est de la merde comme ministère.

La meilleure console de jeu quand t'as seize ans, c'est la bite.

La merde du résistant elle était pointue et celle de l'Allemand elle faisait la bouse.

… Moi j'ai une fille et je compte pas le téléphone…

Mon mari, il aurait une fée dans la poche de derrière, il s'assoirait tout le temps dessus.

Quand on a bu l'apéritif, l'avantage c'est qu'on craint plus son mari.

C'est qui la nouvelle connasse qui remplace Lio ?

Sophie Marceau, t'enlèves les nichons, il te reste le cul.

Son bébé qui meurt, ça lui laisse la place pour un autre bébé aussi si elle veut, faut pas voir que le mal…

Tu sais pourquoi ? Tu le sais ? Je veux pas qu'on se marie parce que tu seras saoule au mariage.

… L'amour tant pis, on trouvera autre chose !

Les dames qui travaillent dans les bureaux, on pourrait leur mettre des œufs à couver.

L'avenir y en a pas assez pour tout le monde et le passé y en a trop.

Quand t'es moche tu préfères la plongée, c'est normal.

C'est les femmes qui augmentent le chômage à vouloir chercher du boulot.
— Le chômage, faudrait que ça soit réservé aux hommes.

Moi j'ai fait un enfant mais c'est surtout pour la continuité de l'espèce.

Pour transporter la vie, les couilles ne sont qu'un frêle esquif !

Une connasse immatriculée 93 qui me coupe la route.
— On frime pas quand on a un numéro qui commence par neuf !

La seule langue étrangère que j'aime, c'est celle de ma fiancée.

À sept dans le ventre de la mère, tout le monde est pas assis.

Plus vieux que tout le monde, c'est pas une performance.

Jeanne Calment, c'est de Mac-Mahon à MacDonald.

Vivre cent vingt ans, moi je dis, c'est de la connerie !

Passé cent ans, tu es un phénomène de foire.
— Plus maintenant, c'est des manèges.

C'était la doyenne de l'humanité.

— Doyenne… doyenne… elle avait quand même pas d'armure.

Elle est née en même temps que l'invention du téléphone.

— Bonjour la note !

Elle est morte de vieillesse à cent vingt-deux ans.

— C'est plus de la vieillesse à cet âge-là, c'est autre chose.

À la fin elle était gaga.

— Pas plus que Mitterrand à la fin.

Cent vingt-deux ans… plus les nuits…

— Elle a connu Van Gogh.

— Ceux qu'ont connu Picasso, ils iront pas aussi loin.

La médecine va étudier son corps pour savoir pourquoi elle a vécu aussi longtemps.

— Non non non !

— Elle buvait du porto.

— Et un verre de vin par jour, et aussi elle mangeait du chocolat.

— Non non non ! Les héritiers veulent pas la donner aux docteurs, elle va être enterrée, ils l'ont dit.

— C'est mieux qu'elle soit enterrée, la pauvre.

— C'est utile que la science elle sache le secret.

— Pour qui ?

— Pour nous.

— Pour vous ?

— Elle buvait du porto.

— Vous avez qu'à boire du porto.

— C'était une femme qui était pareille que tout le monde, elle a rien de plus, elle a pas de secret, c'est de la chance…

— La nouvelle femme la plus vieille, elle a cent onze ans.

— Ils ont qu'à étudier celle-là puisqu'elle est pas connue.

Les tissus cérébraux des vieilles dames, c'est toujours à carreaux !

Le nombre de vieilles qui se font attaquer dans les rues pourries et Jeanne Calment on peut même pas lui prendre son cerveau quand elle est morte, c'est deux poids et deux mesures !

— Qu'est-ce que tu veux en foutre de son cerveau ?

— L'étudier !

— Étudie déjà le tien !

… Après on verra…

… Il parle même pas anglais et il veut étudier le cerveau de Jeanne Calment !

… Elle est mieux là où elle est.

… On va pas lui prendre sa tête de force…

… Une morte de cent vingt ans, ceux qui sont morts depuis mille ans ça les fait bien marrer !

À treize ans tu peux pas avoir un bébé, tu ponds un œuf avec des points dessus… maxi.

Je garde tous les horoscopes de tous les jours de l'année dans une boîte, comme ça je sais ce qui m'est arrivé.

Elle a pas un super design, la couille…

Tu mets pas d'eau dans le pastis ?
— Je bois comme un veuf… À la tienne… Je pleure dedans.

… Je mets la gosse dans le caddie avec les courses sinon je l'oublie…

Elles ont du mérite les femmes parce que moi tu me mets un enfant dans le ventre, je le digère.

Une petite pièce, madame, pour rester propre…

— C'est pas avec une pièce qu'on se lave, jeune homme, c'est avec du savon.

Dans la mode de maintenant c'est pas des femmes c'est des bas-reliefs.

Je suis pas pour le passé, je te dis pas que Icare c'est mieux.

— L'avion, on peut pas aller contre.

— La dernière des connasses peut être hôtesse de l'air !

— C'est pas l'avion, ça.

Vous êtes allée faire votre tiercé madame Couderc ?

— Après mon porto, ça réchauffe mes chevaux.

Je me connais, à Venise, j'aurais tout le temps envie de faire pipi.

Une bonne femme à la culture, un pédé pour les flics, eh ben voilà, c'est ça la gauche !

Un pédé c'est pas un garçon, c'est encore plus chiant qu'une bonne femme.

En tant que femme d'alcoolique, je trouve que c'est jamais bien fait le retour des maris dans les films français.

Elle est jolie la fille qui va être exécutée.
— Mais non, c'est le rouge à lèvres qui fait ça.

Elle est tuée en trois minutes, la femme.
— C'est des exécutions, personne a le temps de musarder.

… Elle veut pas d'enfants, elle a l'ovule qui fait le bras de fer…

Son chien est noir, il l'a appelé Black, franchement un nom pareil le chien aurait pu se le donner lui-même.

En vingt ans, une seule fois j'ai dû lui dire je suis pas ta bonne !
— Je ne sais pas comment vous faites…

… On est jamais mieux servi que par une serveuse…

Le chirurgien esthétique peut voler de la jolie peau sur les autres femmes pour la poser sur la sienne.

Des rapports sexuels par-derrière, ah non ! Ou alors on me fait la péridurale.

Elles ont toujours des gros culs les assistantes sociales.

Il fout des roustes à sa femme, c'est le pot de fer contre le pot de fleurs.

Le pire, c'est les femmes juges.

Chaque grossesse j'ai pris plusieurs kilos, c'est l'avantage pour moi qui ne mange rien.

Je préfère péter que le garder dans mon ventre, je suis pas une poule.

La femme la plus intelligente que je connais, c'est une connasse.

Pas besoin de pulsions sexuelles pour coucher, ça me vient tout seul.

Les femmes ont de la chance, elles ont le cœur dans un nichon.

Des pédés t'en as chez les animaux mais pas chez les légumes.

Je m'appelle Rubens, comme les grosses à poil.

Y se tape son chien comme Tintin.

Je n'achète rien quand c'est fabriqué par des enfants du tiers-monde, ça se casse tout de suite.

Pour le bébé dans le ventre c'est déjà trop tard pour l'euro puisqu'il a déjà l'automatisme avant la naissance à force d'écouter les francs à travers le ventre.

J'ai horreur des connasses au volant.

Plus on parle des bonnes femmes, plus ça leur suffit.

Elle est en train de me tricoter un pull qui imite la gendarmerie pour quand je me fais arrêter.

La fête des Mères, c'est bien, mais la journée de la Femme c'est de la merde.
— Au moins la fête des Mères ça veut dire quelque chose.

Le vide-ordures dans la cuisine aura évité plus de viols que la police !

Cette femme, c'est une chambre d'hôtes.

Oui ! l'artiste dérange !
— C'est sa femme qui range.

C'est un vrai pédé, il pense qu'à sa femme.

C'est dans le ventre de la mère qu'on apprend à glander devant la télé.

On naîtrait par le haut, ça serait quand même plus propre.

Quand t'es mariée avec un légiste, tu sais pas quoi faire à manger !

Marié cinq fois, divorcé cinq fois, il les tue pas les bonnes femmes, il les fait chier.

Elles trichent toutes sur leur âge… Moi je les ferais passer au carbone 14, les chanteuses !

Pour moi le trou du cul c'est le nombril qui te relie au père.

Deux fois sur trois, c'est la femme à côté du chauffeur qui provoque l'accident.

La mafia italienne c'est pizza, spaghetti, alors que la mafia russe c'est caviar, caviar…

Le théâtre de rue, quand c'est bien tu peux pas t'approcher, quand y a de la place pour voir c'est souvent de la merde.

Dans un ballet de danse classique, moi je les vois, ceux qui fument.

Le Petit Père des Peuples, c'est une chanson d'Aznavour.

— C'est Staline.

— C'est une chanson d'Aznavour.

À force, t'as plus de morts à Chamonix qu'en Yougoslavie, en plus la guerre elle est finie, alors que Chamonix ça continue.

Six amis, trois et trois, pas plus, sept, ça commence les bisbilles.

L'enfance de l'art, ça va jusqu'à quel âge ?

Quand c'est écrit *c'est prouvé*, neuf fois sur dix c'est pas prouvé du tout !

Internet, quand vous y êtes dedans, vous ne pouvez plus sortir, et le compteur ça tourne, je vous le dis !

Les excès de vitesse, c'est pas pire que le tabac, et t'en as qui font du deux cents à l'heure avec le cigare, ils ont rien.

Les seuls vieux qui profitent de la vignette, c'est ceux qu'on écrase en auto.

Un festival d'animaux marins… eh ben… faut mettre l'imper !

Il aime pas le sucre ?
— Oh vous savez, c'est un chien qui vit dans sa bulle.

Tiens… v'là l'armada du siècle !

À la naissance, je pesais deux kilos.
— On dirait pas.

La tête vide, tant qu'on a pas le front qui rentre…

Les gens adorent s'entre-tuer, qu'est-ce que vous voulez y faire ?

… comme j'ai dit à ma fille, je ne veux pas mourir avant qu'on ait repeint la façade !

Onze morts dans un trou, ils appellent ça un charnier ! Il leur en faut pas beaucoup.

L'hélicoptère, ça marche, mais personne a encore compris le système.

Pour moi de toute façon, Beaubourg a toujours été en travaux.

Les gens qui aiment la soie, c'est un retour au cocon, en fait.

Un accouchement, vous montreriez ça à vos enfants vous ?

Ils vous font boire de l'huile d'olive, parce que sur l'échographie c'est plus joli, ça fait briller l'embryon.

Ils font des embryons mi-hommes mi-vaches.
— Si ça continue, on va tous habiter à la montagne.

Les embryons, moins on y touche, mieux ça vaut.

L'embryon, c'est fragile, c'est du biscuit.

On aura vécu la dernière décennie…

Shakespeare, quand y en a plus, y en a encore !

À vingt-sept ans ils habitent encore à la maison !
— Moi j'ai de la chance, la mienne est anorexique.

Ils ont pas des belles femmes les gendarmes.
— Pourtant c'est des supergendarmes.

Il est enceinte de Maître Kanter !

Le foot féminin, vous verriez, elles courent comme des oies.

Une femme, au Maroc, c'est moins qu'un buffet chez nous.

Picasso, c'était une ordure avec les femmes.
— T'es pas obligée d'être la femme de Picasso non plus.

Tu ne sais pas ce que c'est une femme qui dépense !

Les distributeurs de capotes dans les chiottes, ça donne pas tellement envie.

Elle arrose jamais ses tomates.
— Déjà qu'elle embrasse jamais ses gosses…

J'aime bien écouter quelqu'un d'intelligent parce que, comme ça, je suis pas obligée de parler.

Hier soir je suis rentré à neuf heures, y avait ma femme et du foie.

Les infirmières c'est toutes des Antillaises, elles ne soignent que les autres Antillaises, le reste du temps elles mangent des ananas.
— Mais non… mais non…
— J'avais ma hanche qui me lançait, elles coupaient un ananas ! Je le sais tout de même !

Elle est tout le temps derrière son rosier ! Il est crevé… Elle faisait pareil avec ses gosses.

Le sexe, on nous l'a mis dans la tête.
— Mais non, il y était avant.

Les filles elles font des efforts, elles mettent des nichons pour un mec qui est une merde…

Le psychologue y te fait parler du sexe, il est pas gynécologue !

C'est malheureux à dire, mais les seuls profs qui s'intéressent encore aux gosses, c'est les pédophiles.

Deux femmes au gouvernement, et pourquoi pas trois aussi… pendant qu'y z'y sont… aussi… non ?

Qu'est-ce qu'elle y connaît en alcoolisme français celle-là ?

Le matériel cinéma que tu trouves tout neuf d'occase, souvent ça a fait du porno.

Des fois, je sais pas où poser la petite, j'ai envie de la jeter.
— Voyons, madame…

Je vois pas pourquoi le boucher ferait travailler une connasse pareille, à part si c'est sa fille ?

Ma fille, quatorze ans, elle a ramené un livre à la maison.
— Quatorze ans ?!

Ils ont plus de couilles les politiques !
— Trois bonnes femmes au gouvernement…

Elle me parle comme à un gosse ! Je suis pas un gosse !… T'as vu ce que je bois ?

Bernadette Chirac, c'est pas l'épouse du Président, pour moi, c'est une bonne femme.

Le président chinois, pour moi, c'est un Japonais.
— C'est les lunettes qui font ça.

Quand t'es vieux t'as la bite froide comme les serpents.

C'est que dalle de se faire enterrer avec les photos des chats : les pharaons, c'était avec leur bonne femme.

Tu sais comment elle l'a acheté son hôtel à Troyes ? Devine ?

On a l'âge de ses artères.
— Moi j'ai l'âge de l'avenue.

Tu bosses jamais, tu picoles toute la journée…
— C'est le système Chirac.

Le matin je l'amène chez le coiffeur, l'après-midi il se fait écraser !

Elle est comment sa femme ?
— C'est une gentille grosses fesses.

Elle a horreur des Russes, elle est pire que l'ancien mur.

Il a quatre gosses, pas de boulot, elle est enceinte…
— Pour faire les gosses, faudrait un permis de construire !

On passerait neuf mois dans le cerveau de sa mère, pas dans son ventre, ça changerait tout.
— On serait plus au large…

Elle embrasse pas son chien, elle se lave avec !

Enceinte à treize ans ! Bientôt faudra acheter les mêmes jouets à la mère et au gosse.

La femme est moins intelligente parce que, aussi, elle a moins de temps.

Les pédés, ils sont tout le temps avec des gonzesses moches.

Après le quatrième enfant, on devrait avoir le temps d'accoucher d'autre chose.

Elles vendent leurs ovaires sur Internet. Tu les commandes sur Internet, mais qui c'est qui livre ?

Les kilos qu'on perd, il faudrait pouvoir les offrir.

On devrait faire des procès pour les régimes qui ratent.

Il tue les filles dans les trains et en plus il prend pas de billet.

Un mec qui est pareil que si il était la femme de son mari, c'est Marie Curie : on le connaît pas.

Allez hop, dehors ! Tout le monde dehors !

Je connais des cafés comme ça, un soir ils ont fermé, et ça n'a jamais rouvert… Depuis, je me méfie…

Demain !
— Demain ?

— Oui, demain y fera jour !
— Eh ben ? Aujourd'hui aussi, il a fait jour.

Il a bouffé de l'uranium le patron aujourd'hui…

ON FERME !

Les Brèves...

"Le camembert est un être vivant."

"Ma femme ne peut pas me quitter,
vu que je suis jamais là."

*"On n'est pas plus cons que
l'opinion publique !"*

"Vu le nombre de
religions qui existent,
un seul pape, c'est plutôt
pas beaucoup."

*"C'est quand même pas un
chômeur qui va m'apprendre
mon boulot !"*

Cet ouvrage a été imprimé en France par

CPI
Bussière

à Saint-Amand-Montrond (Cher)
en mars 2009

Composé par Nord Compo Multimédia
7, rue de Fives, 59650 Villeneuve-d'Ascq

POCKET - 12, avenue d'Italie - 75627 Paris Cedex 13

— N° d'imp. : 90333. —
Dépôt légal : mars 2009.